A VAGABUNDA

A vagabunda

COLETTE

MEIA AZUL

Bas-bleu ("meias azuis", em tradução livre): antiga expressão pejorativa para desdenhar de mulheres escritoras, que ousassem expressar suas ideias e contar suas histórias em um ambiente dominado pelos homens. Com a ***Coleção Meia-azul***, voltada para narrativas de mulheres, a Ímã Editorial quer reconhecer e ampliar a voz dessas desbravadoras.

PRIMEIRA PARTE

Dez e meia... Mais uma vez, fiquei pronta cedo demais. Meu companheiro Brague, que me ajudou quando comecei na pantomima, vive me repreendendo por isso com sua linguagem colorida:
— Maldita amadora, sempre com fogo no rabo! Se fosse por você a gente teria que pintar a cara às sete e meia, no meio dos aperitivos.
Três anos de *music hall* e de teatro não me modificaram, sempre fico pronta cedo demais.
Dez e trinta e cinco... Se eu não abrir esse livro, que já li e reli, largado no meio dos meus apetrechos de maquiagem, ou esse *Paris-Sport* que a camareira ficou marcando com meu lápis de sobrancelha, vou terminar só comigo mesma, encarando essa conselheira maquiada que me olha, do outro lado do espelho, com pálpebras embotadas de uma pasta gordurosa cor de violeta. Ela tem maçãs do rosto vivas, da cor de flores do campo, e lábios de um negro rubro, brilhantes como verniz... Ela me encara por um bom tempo, e sei que vai falar... Vai me dizer:
"É mesmo você quem está aí? Aí, sozinha, nessa cela de paredes brancas em que mãos vadias, impacientes e prisioneiras riscaram iniciais entrelaçadas, ornadas de desenhos indecentes e ingênuos? Sobre essas paredes

caiadas, unhas vermelhas, como as tuas, escreveram o apelo inconsciente das abandonadas... Detrás de você, uma mão feminina gravou: *Marie...* e a palavra termina com um floreio ardente que sobe como um grito... É mesmo você aí, sozinha, sob esse teto trepidante que os pés dos dançarinos sacodem como um moinho? Por que é que você está aí, sozinha, e não em outro lugar?".

Sim, é a hora lúcida e perigosa... Quem virá bater à porta do meu camarim? Que rosto virá se interpor entre o meu e o dessa conselheira maquiada que me espreita do outro lado do espelho?... O Acaso, meu amigo e meu mestre, consentirá em mais uma vez enviar-me um dos demônios de seu reino desordenado. Agora só me resta ter fé nele — e em mim. Sobretudo nele, que me pesca quando afundo; que me agarra e me sacode, à maneira de um cão salva-vidas que me enfia um pouco os dentes cada vez que me resgata. Se bem que já não espero mais, a cada desespero, o meu fim, mas sim a aventura, o pequeno milagre banal que volte a atar, como um elo brilhante, a corrente dos meus dias.

É a fé, realmente é a fé, com sua cegueira por vezes dissimulada, com o jesuitismo de suas renúncias e sua esperança obstinada bem no momento em que se grita "todos me abandonaram!..." O dia em que meu mestre, o Acaso, tiver outro nome em meu coração, eu serei uma excelente católica...

E como treme o assoalho esta noite! Bem se vê que faz frio: os dançarinos russos estão tentando se aquecer. Quando gritarem juntos "You!" com aquela voz esganiçada dos leitões, serão onze e dez. Meu relógio é infalível, não errou nem cinco minutos no mês que passou. Dez horas: eu chego; Madame Cavallier canta "Les petites chemineux", "Le baiser d'adieu", "Le petit quelque chose", três músicas. Dez e dez: Antoniev e seus cães. Dez e vinte e dois: tiros de fuzil, latidos, termina o número canino. A escada de ferro range, alguém tosse: é Jadin que desce. Ela prageja enquanto tosse, porque todas as vezes pisa na barra do vestido ao descer: é um ritual. Dez e trinta e cinco: o cantor fantasista Bouty. Dez e quarenta e sete, os dançarinos russos. E, enfim, onze e dez: eu!

"Eu"... ao pensar nesta palavra, olho involuntariamente para o espelho. No entanto sou eu mesma quem lá está, mascarada de vermelho e lilás, olhos contornados por um halo azul pastoso que começa a derreter... Vou esperar que o restante do meu rosto dissolva-se também? E se tudo o que restar no meu reflexo for apenas o respingo colorido a escorrer pelo espelho como uma comprida lágrima enlameada?...

Mas aqui está gelado! Esfrego minhas mãos, cinzas de frio, e a tinta branca que as cobre vai rachando. É claro! O cano do aquecedor congelou. É sábado e, aos sábados, deixamos o aquecimento por conta do próprio público, o público popular — alegre e ruidoso, e um tanto embriagado. Mas ninguém pensou no aquecimento dos camarins.

Uma pancada sacode a porta e faz tremer até minhas orelhas. Deixo entrar meu camarada Brague, vestido como um bandido romano, moreno e preocupado.

— Não sabe que é a nossa vez?

— Sei sim, e ainda bem que é. Vou morrer de frio se continuar aqui.

No alto da escada de ferro que leva ao palco, o bom calor, seco, poeirento, envolve-me como um cobertor confortável e sujo. Enquanto Brague, sempre meticuloso, supervisiona a montagem do cenário e manda erguer a luz do fundo — a que faz o pôr-do-sol —, colo maquinalmente meu olhar à fresta luminosa da cortina.

É uma bela plateia de sábado, neste café-concerto tão querido pela vizinhança. É um salão negro, que os refletores não dão conta de iluminar o suficiente, e eu apostava vinte francos que ninguém consegue distinguir um colarinho da décima fileira até lá no segundo balcão. Uma fumaça ruça paira sobre toda a sala, portando o odioso fedor de tabaco frio e de charutos baratos fumados até a ponta... Por outro lado, as frisas da frente — mulheres decotadas, lantejoulas, chapéus e plumas — parecem quatro vasos floridos. É uma bela sessão de sábado! Mas, para usar a expressão da jovem Jadin,

"Não estou nem aí! Não ganho parte da bilheteria!".

Já nos primeiros compassos do tema de abertura, sinto-me aliviada, entrosada. Fico leve e irresponsável. Debruçada no balcão de cena, observo serenamente a camada poeirenta — lama dos sapatos, pó, pelos de cães, piche — que cobre o assoalho sobre o qual logo arrastarei meus joelhos nus, e aspiro o cheiro de um rubro gerânio artificial. A partir desse minuto, já não me pertenço mais, tudo vai bem! Sei que não tropeçarei ao dançar, que meu salto não vai se enroscar na barra da minha saia, que quando eu desabar, após levar a palmada de Brague, não esfolarei meus cotovelos nem amassarei o nariz. Escutarei vagamente, sem perder o ar sério, o jovem contrarregra que, no momento mais dramático, vai imitar sons de peidos por trás do pano para nos fazer rir... Deixo o holofote brutal me levar, a música conduz meus gestos, uma disciplina misteriosa me avassala e me protege... tudo vai bem.

Tudo vai muito bem! Nosso público mal iluminado dos sábados nos recompensou com um tumulto aos gritos de "bravo!", assobios, berros e cordiais obscenidades. Levei em cheio, no canto da boca, um buquê de cravos de dois vinténs, desses anêmicos cravos brancos que a florista ambulante banha, para tingi-los, em água de carmim. Eu os carrego na lapela do casaco. Têm cheiro de pimenta e de cachorro molhado.

Carrego também uma carta que acabam de me enviar: "Madame. Estou na primeira fila. Seu talento de mímica me permite crer que possui outros talentos, ainda mais especiais e cativantes. Conceda-me o prazer de jantar esta noite comigo...".

Está assinado "Marquês de Fontanges" (Juro por Deus!) e foi escrito no Café du Delta... Quantos enjeitados de famílias nobres, que acreditávamos há muito extintas, escolheram como domicílio o Café du Delta?... Ainda que improvável, suspeito que este tal Marquês de Fontanges seja parente próximo de um certo Conde de Lavallière, que me convidou para um "chá", semana passada, em sua "garçonnière". Farsantes banais, mas neles pode-se entrever o amor romanesco pela alta sociedade e a admiração pelos títulos de nobreza latente sob os chapéus puídos deste bairro de malandros.

Como de costume, é com um grande suspiro que fecho detrás de mim a porta do meu apartamento térreo. Será um suspiro de cansaço, de tédio, de alívio? Ou a angústia da solidão? Melhor nem saber!

E o que é que se passa comigo esta noite? Seria a bruma glacial de dezembro, com suas lantejoulas de gelo flutuando, que vibram em torno dos lampiões a gás em um halo iridescente, que derretem sobre os lábios deixando um gosto de alcatrão... E esse bairro novo onde moro, que brotou, todo branco por detrás de Les Ternes, desencoraja os olhos e a mente.

Sob o gás esverdeado, minha rua é, a esta hora, uma mistura cremosa de castanho, cor de café e caramelo, uma sobremesa desmoronada, derretida, sobre a qual flutuam os torrões dos edifícios de pedra. Mesmo minha casa, sozinha na rua, tem um jeito "que parece mentira". Porém suas paredes e cômodos estreitos oferecem, por um preço módico, um abrigo que é confortável o suficiente para uma "dama desacompanhada" como eu.

Quando você é uma "dama desacompanhada", você é a besta fera, terror e pária para os senhorios e assim você pega o que der para pegar, você mora onde der, e você aguenta o frio das paredes finas...

O prédio em que habito dá abrigo misericordioso a toda uma colônia de "damas desacompanhadas". No mezanino temos a notória amante do Monsieur Young, dos Automóveis Young; acima desta está a bem mantida "amiga" do Conde de Bravailles; mais no alto, duas irmãs louras recebem diariamente a visita de um único "senhor-industrial-bem-de-vida"; ainda mais acima, vive uma garota terrível, que leva a vida de um fox--terrier sem coleiras: berros, piano e cantoria, garrafas vazias atiradas da janela.

— É a vergonha dessa residência, disse um dia Madame Automóveis Young.

Por fim, ao térreo, tenho eu, que não berro, que não toco piano, que não recebo a visita de homem nenhum, e menos ainda de mulheres... A estabanada do quarto andar faz barulho demais, eu faço barulho de menos. A *concierge* disse na minha cara:

— Que estranho. Nunca se sabe se a madame está em casa, não se ouve nada. Nem parece que madame é uma artista!...

Ah, que noite feia de dezembro! O aquecedor tem cheiro de desinfetante. Blandine esqueceu-se de colocar a bolsa de água quente na minha cama, e até minha cadela, de mau humor, resmungona e sofrendo com o frio, me lança um olhar preto-e-branco, sem sair de seu cesto. Deus do céu, não estou pedindo nenhum Arco do Triunfo nem meu nome nos letreiros luminosos...

Oh, posso procurar por todos os cantos e por baixo da cama: não tem ninguém aqui, ninguém além de mim. O grande espelho em meu quarto já não me devolve mais a imagem maquiada de uma boêmia de *music hall*. Reflete somente... a mim.

Então eis-me aqui, tal como sou. Não vou escapar, esta noite, ao reencontro com o grande espelho, ao solilóquio cem vezes evitado, aceito, esquivado, retomado e rompido... Que pena! Sinto que toda tentativa de distração será em vão. Esta noite o sono não virá, e o encanto do livro — oh, o livro novo, com o cheiro de tinta úmida e de papel fresco, que evocam o cheiro de carvão, das locomotivas e das partidas de viagens! — nem o encanto de um livro conseguirá afastar-me de mim mesma...

Então eis-me aqui, tal como sou. Só, sozinha por toda a vida, sem dúvidas. Sozinha já! Bem cedo. Alcancei, sem me sentir humilhada, a casa dos trinta anos; porque esse meu rosto só vale a expressão que o anima, o brilho do olhar, o sorriso desconfiado e zombeteiro — o que Marinetti chama de minha *gaiezza volpina*, minha alegria de raposa... Uma raposa sem malícia, que até uma galinha poderia apanhar... Uma raposa sem cobiça, que só se lembra da armadilha e da jaula... Sim, uma raposa alegre, mas só porque os cantos da boca, e de seus olhos, desenham um sorriso involuntário... Raposa cansada de dançar no cativeiro, ao som da música...

No entanto pareço mesmo com uma raposa! Mas uma bela e delgada raposa não é uma coisa feia, não é? Brague também diz que pareço um rato, quando comprimo os lábios e estreito as pálpebras para conseguir ver melhor... Não há porque me irritar com isso.

Ah, não gosto de me ver com essa boca desanimada e esses ombros caídos, meu corpo torto apoiado em uma só perna!... Olha só esse cabelo lambido, sem cachos, que tenho que escovar demoradamente a toda hora para conseguir uma brilhante cor de castor. Olha só esses olhos, que ainda têm marcas do lápis azul, e as unhas onde restou uma linha vermelha duvidosa. Vai me tomar pelo menos uns cinquenta minutos de banho e arrumação.

Já é uma hora... O que estou esperando? Uma boa chicotada, bem estalada, para fazer andar a besta que empacou. Mas ninguém me dará uma chicotada porque... porque estou completamente sozinha! Como bem se vê, nessa grande moldura que enquadra minha imagem, já me acostumei a viver só.

Para um visitante qualquer, um vendedor, até mesmo para Blandine, minha criada, eu aprumaria esse pescoço caído, esse quadril enviesado, juntaria minhas duas mãos vazias... mas esta noite estou tão sozinha...

Sozinha! Parece até que estou me queixando!

— Se você vive sozinha, disse-me Brague, é porque quer mesmo, não é?

Exatamente: eu que quero "mesmo" e posso dizer mais simplesmente que *quero*. Só que, veja, há dias em que a solidão, para um ser da minha idade, é um vinho estimulante que embriaga de liberdade; noutros dias é um tônico amargo, e ainda há outros dias em que é um veneno que faz bater a cabeça na parede...

Esta noite, eu gostaria de não escolher. Gostaria de me contentar em hesitar, em ser incapaz de dizer se o frêmito que tomará conta de mim, sob meus lençóis gelados, será de medo ou conforto.

Sozinha... e há tanto tempo. Porque já cedo ao hábito do solilóquio, da conversa com a cachorra, com a lareira, com meu reflexo... É uma mania que dá nos reclusos, nos velhos prisioneiros, mas já *eu*, eu sou livre... E, se falo comigo mesma, é pela necessidade literária de ritmar, de redigir meu pensamento...

Tenho diante de mim, do outro lado do espelho, no misterioso quarto refletido, a imagem de uma "mulher de letras que fracassou". Também dizem de mim que eu "faço teatro", mas ninguém me chama de atriz. Por quê? Uma sutil diferença, uma recusa bem-educada, da parte do público e dos meus próprios amigos, de me dar uma posição nesta carreira que eu, no entanto, escolhi... Uma mulher de letras que fracassou: é o que devo permanecer para todo mundo, já que eu não escrevo mais e me nego o prazer e o luxo da escrita.

Escrever! Poder escrever! Isso significa o longo devaneio diante da página em branco, o rabiscar inconsciente, as brincadeiras com a pena circulando um borrão de tinta, quando mordisca uma palavra imperfeita, a rasura, a floreia com flechas, enfeita com antenas, patas, até perder sua figura legível de palavra, metamorfoseada em inseto fantástico, numa borboleta-fada que saiu voando.

Escrever... é o olhar capturado, hipnotizado pelo reflexo da janela no tinteiro de prata — a febre divina que sobe às faces, à fronte, enquanto uma bem-aventurada morte congela sobre o papel a mão que escreve... Quer dizer ainda o esquecimento da hora, a preguiça no aconchego do divã, a orgia da invenção da qual se sai alquebrado mas já recompensado, e possuidor de tesouros que se vão derramando lentamente sobre a folha virgem, no pequeno círculo de luz que se abriga sob a lâmpada...

Escrever! Verter com raiva o que de si é mais verdadeiro sobre o papel tentador, tão rapidamente que algumas vezes a mão reluta e esquiva, sobrepujada pelo Deus impaciente que a guia... e encontrar, no dia seguinte, onde se esperava o ramo dourado, que desabrochou como milagre em uma hora brilhante, um galho ressecado com uma flor abortada.

Escrever! O prazer e o sofrimento dos ociosos! Escrever... De tempos em tempo me vem essa necessidade — intensa como a sede no verão — de anotar, de pintar... Pego da pena, para começar o jogo perigoso e traiçoeiro, para capturar e fixar, com a ponta dupla e flexível da pena, o cintilante, o fugidio, o adjetivo apaixonante. Mas não é mais que um surto passageiro, a coceira de uma cicatriz.

É preciso muito tempo para se escrever. E, além disso, não sou nenhuma Balzac... O frágil conto que edifico desmorona quando o vendedor toca a campainha, quando o sapateiro me entrega a fatura, quando me telefona o procurador ou o advogado; quando o agente teatral me convoca para seu escritório para uma "apresentação na casa de um pessoal muito direito mas que não costuma pagar preços altos...".

Desde que vim morar sozinha, foi necessário, primeiro, viver, depois divorciar-me, e depois continuar a viver... Tudo isso demandou uma inacreditável carga de trabalho e de obstinação... E para conseguir o quê? Não restou para mim outro refúgio que não este quarto banal, no estilo Luís XVI fajuto; não tenho nenhum outro esteio além desse espelho impenetrável sobre o qual me debruço, cabeça com cabeça.

Amanhã será domingo: *matinée* e *soirée* no Empyrée--Clichy. Já passam das duas! É a hora de dormir para uma "mulher de letras que fracassou".

— Mexa-se! Vamos! Jadin não apareceu!
— Como assim não apareceu? Está doente?
— Doente? Pois sim: doente de farra! E sobra é pra gente: vamos ter que entrar vinte minutos mais cedo!

Brague, o mímico, acabava de deixar seu cubículo, quando eu passava, ele apavorado sob a pintura de cor cáqui e eu correndo para meu camarim, alarmada com a ideia de, pela primeira vez na vida, estar atrasada...

Jadin não apareceu! Apresso-me, tremendo de aflição. É que a plateia não perdoa, especialmente nas *matinées* de domingo! Se, como diz o diretor, deixarmos a plateia "com fome" por cinco minutos entre dois números, vai ter vaias e vão chover pontas de charuto e cascas de laranja.

Jadin não apareceu... Era de se esperar que isso acontecesse um dia.

Jadin é uma jovem cantora, tão novata no *vaudeville* que nem teve tempo ainda de descolorir os cabelos castanhos; passou, de um salto, da periferia para o palco, ainda encantada por receber, para cantar, duzentos e dez francos por mês. Ela tem dezoito anos. A sorte (?) a pegou de supetão, e seus cotovelos na defensiva, toda sua pessoa inclinada como uma gárgula, parecem esquivar os golpes de um destino zombeteiro e cruel.

Ela canta como uma costureirinha ou como uma cantora de calçada, sem nem saber que se pode cantar de outro jeito. Força ingenuamente seu contralto rascante, porém atraente, que combina tão bem com sua cara jovem de *apache* rosada. Ela é assim mesmo, com seu vestido comprido demais comprado sabe-se lá onde, com seus cabelos castanhos que não são sequer frisados, com seus ombros caídos como se arrastasse um cesto de roupa suja, com o buço embotado de pó-de-arroz barato — e a plateia a adora! A diretora lhe prometeu, para a próxima temporada, o nome no letreiro e uma segunda atração — sobre um aumento no salário, veremos depois. Jadin, em cena, é radiante e jubilosa. Ela reconhece, todas as noites, na plateia da segunda galeria, algum companheiro da infância vadia, e não resiste em cortar no meio sua cantilena sentimental para fazer uma saudação, com um grito alegre, uma risada estridente de colegial, ou até um tabefe estalado no alto das coxas.

É ela que falta hoje no programa do espetáculo. Em meia hora, vão fazer uma tempestade no teatro, gritando "Jadin! Jadin!" e bater as botas no chão e tilintar os copos com suas colheres.

Isso era de se esperar. Jadin, pelo visto, não está doente, e nosso diretor resmunga:

— Que gripada o quê! Para mim, ela tropeçou na cama de alguém e agora deve estar usando uma nota de cinquenta para fazer um curativo. Se não fosse isso teria nos avisado.

Jadin encontrou um *gourmet* em outro bairro. É preciso ganhar a vida... e ela vivia, no entanto, com uns e com outros, com todo mundo... Será que voltarei a ver sua pequena silhueta de gárgula, coberta até as sobrancelhas com uma de suas boinas "na moda" que ela mesma costurava? Ontem à noite mesmo, ela enfiou seu focinho mal empoado no meu camarim para me exibir sua última criação: uma touca de pele de coelho "do tipo raposa branca" que era estreita demais e espremia as orelhinhas rosadas de Jadin contra os dois lados da cabeça.

— Ficou a cara de Átila, o Huno, disse Brague, todo sério.

Jadin foi-se embora... O comprido corredor, perfurado de camarins-cubículos, enche-se de murmúrios e zombarias. Parece que todo mundo já esperava que ela fugisse, menos eu. Bouty, o pequeno comediante que canta ao estilo de Dranem, passa de um lado para o outro diante do meu camarim, vestido como um gorila, um copo de leite à mão, e faz suas profecias:

— Era líquido e certo! Eu mesmo dava mais uns cinco ou seis dias, quem sabe um mês! A patroa vai quebrar a cara, mas nem por isso vai se convencer a aumentar o salário dos artistas que trazem a grana... Lembre-se do que eu digo: Jadin vai voltar, só foi dar uma volta. A garota tem seu estilo de vida, nunca vai conseguir agarrar um otário.

Abro minha porta para falar com Bouty, enquanto espalho a tinta branca nas mãos:

— Ela não te falou nada sobre ir embora, Bouty?

Ele deu de ombros, virando para mim sua máscara de gorila vermelho, com os olhos delineados de branco:
— Como se ela me contasse as coisas! Não sou a mãe dela...
Enquanto fala, vai entornando pequenos goles de seu copo de leite, um leite azulado como o amido.
Pobrezinho do Bouty, com sua enterite crônica e a garrafa de leite que leva por onde vai. Por baixo de sua máscara alvirrubra, tem uma expressão doce e gentil, delicada e inteligente, de belos olhos meigos, e um coração de cão sem dono, pronto a amar quem o adotar. Sua doença e seu trabalho cruel o estão matando; ele só se alimenta de leite e de macarrão fervido, e mesmo assim encontra forças para cantar e dançar ritmos negros por vinte minutos a cada vez. Quando sai de cena, fica caído nos bastidores, completamente exausto e incapaz de seguir para seu camarim... Seu corpo franzino, estendido como se estivesse morto, algumas vezes me impede a passagem, e me controlo para não me debruçar sobre ele e erguê-lo, pedindo ajuda. Os companheiros e o gerente se limitam a coçar o queixo e dizer:
— Bouty é um artista que se cansa muito.

— Mexam-se, mexam-se! A todo vapor. Eles até que não berraram muito pedindo Jadin, estamos com sorte.
Brague me empurra pela escada de ferro; o calor poeirento e a luz dos holofotes me atordoam; essa *matinée* passou como um sonho atribulado; metade do meu dia de trabalho já escorreu não sei como, e de tudo que aconteceu ficou na memória apenas o arrepio de nervoso e o aperto do estômago como o que vem quando se

acorda subitamente em plena noite. Daqui a uma hora, será o jantar, e daí para um táxi, e tudo recomeça...

E ainda teremos um mês assim pela frente! O espetáculo atual tem agradado o suficiente e, além disso, é preciso esperar até a revista de fim de ano:

— Estamos bem, disse Brague. Quarenta dias sem nem ter que pensar. E esfregou as mãos.

"Sem nem ter que pensar"... se eu pudesse ser que nem ele! Eu tenho quarenta dias, todo um ano, toda minha vida, para pensar... Por quanto tempo vou arrastar, de um *music hall* a um teatro, de um teatro a um cassino, meu "talento" que as pessoas decidiram, por educação, achar "interessante"? Eles reconhecem em mim, além do mais, uma "mímica precisa", uma "dicção clara" e uma "plástica perfeita". Tudo muito bem e gentil. Mas aonde isso vai me levar?

Pronto! Já vem lá o golpe duro da tristeza... Eu espero por ela calmamente; com um coração já acostumado, que vai identificar as fases e vencê-las mais uma vez. Ninguém vai ficar sabendo. Esta noite Brague me examina com seus olhinhos penetrantes sem encontrar o que dizer, a não ser:

— Está no mundo da lua, é?

De volta a meu camarim, lavo as mãos de um sangue de groselha, defronte do espelho no qual nos medimos, minha conselheira maquiada e eu, severas adversárias que merecem uma a outra.

Sofrer... arrepender-se... prolongar, pela insônia, pelo devaneio solitário, as horas mais altas da noite: não poderei escapar. E marcho diante disso, com uma espécie de alegria fúnebre, com toda a serenidade de ser ainda jovem e resistente, de já ter passado por outras... Dois hábitos me deram o poder de conter as lágrimas: o de esconder meu pensamento e o de engrossar meus cílios com rímel.

— Entre!
Acabaram de bater à porta, e respondi maquinalmente, absorvida que estava.
Não é Brague, não é a velha camareira. É um desconhecido, alto, seco, escuro, que inclina a cabeça sem chapéu e recita de um golpe só:
— Madame, tenho vindo, há uma semana, aplaudi-la, no seu número *Emprise*. Queira perdoar se minha visita é de algum modo... inoportuna, mas sinto que minha admiração por seu talento e... por sua figura... justificam uma apresentação assim... incorreta, e que...
Não respondo a esse paspalho. Empapada de suor, ainda sem fôlego, meu vestido semiaberto, lavo as mãos enquanto o encaro com uma ferocidade tão evidente que seu belo discurso morre, subitamente cortado...
Devo esbofeteá-lo? Marcar em suas bochechas meus dedos ainda úmidos da água vermelha? Devo erguer a voz e despejar nessa figura angulosa, um rosto que é puro osso, cortado por um bigode negro, os palavrões que aprendi nos bastidores e nas calçadas?
Tem olhos de carvoeiro triste, esse invasor!
Não sei o que lhe dizia meu olhar, e meu silêncio, mas sua expressão logo se transformou:
— Por Deus, madame. Eu não passo de um tolo grosseirão, só percebi agora. Bote-me para fora, vá,

eu mereço. Mas antes permita que ponha a seus pés minhas sinceras homenagens.

E me faz uma reverência, como um homem que está para ir embora... mas não se vai. Com a astúcia sorrateira dos homens, ele aguarda, por meio segundo, uma recompensa por sua contrição e — Deus sabe bem que não sou insensível — ele a obtém.

— Bem, senhor, então vou dizer-lhe, com bons modos, o que lhe teria dito na grosseria: por favor, retire-se!

E sorrio, como uma boa moça, mostrando-lhe a porta. Ele não sorri. Fica lá, a cabeça pendendo para a frente, o punho pendente, crispado. Sua atitude o faz parecer ameaçador, um pouco desajeitado, pesado, com uma careta um tanto forçada de homem-de-bem.

A luminária do teto é refletida nos seus cabelos negros, repartidos para o lado, laqueados; mas seus olhos me fogem, recolhidos sob órbitas profundas...

Ele não sorri, porque ele me deseja.

Ele não me quer bem algum, este homem — ele me quer. Ele não tem humor para piadas, nem mesmo as cínicas. Isso me incomoda e acho que preferia que estivesse... inflamado, à vontade em seu papel de homem que jantou bem e que deleitou os olhos na primeira fila da orquestra...

O desejo ardente que tem por mim o incomoda, como uma pesada arma embainhada.

— Muito bem, senhor. Vai retirar-se ou não?

Responde precipitadamente, como se eu o tivesse despertado.

— Sim, sim, madame! Certamente, vou-me embora. Eu rogo que aceite minhas desculpas e...

— ...cordialmente, subscrevo-me. Completo a frase, sem me controlar.

Não é tão engraçado mas mesmo assim ele ri, ri e perde a expressão obstinada que estava me tirando do sério.

— Muito gentil de sua parte, madame, vir a meu resgate! Há mais uma coisa que gostaria de perguntar-lhe...

— Não! Não! O senhor vai-se embora agora! Já dei provas de uma paciência absurda, e arrisco pegar uma bronquite se não tirar esse vestido que me faz sentir mais calor que três estivadores!

Com a ponta do meu dedo indicador, o empurro para fora, porque ele retomou, quando falei em tirar o vestido, a expressão sombria e rígida... Com a porta fechada e trancada, ouvi sua voz abafada que perguntava:

— Madame! Madame! Queria saber se a senhora gosta de flores. E de quais.

— Senhor! Senhor! Deixe-me em paz! Eu não fico perguntando ao senhor quais seus poetas preferidos, nem se prefere o mar ou as montanhas! Vá-se embora!

— Estou indo, madame. Tenha uma boa noite.

Ufa. Pelo menos esse homem, grande paspalho, acabou dispersando a chegada da depressão.

Nos últimos três anos, têm sido assim minhas conquistas amorosas... O cavalheiro da poltrona onze, o cavalheiro da frisa quatro, o gigolô da segunda galeria... Uma carta, duas cartas, um buquê, mais uma carta... e acabou-se. Meu silêncio os desencoraja e devo admitir que eles não são muito persistentes.

O Destino, talvez para poupar minhas forças, parece descartar para mim os amantes obstinados, esses caçadores que vão atrás de mulheres rio acima... Os homens que atraio não me escrevem bilhetes amorosos. Suas cartas, apressadas, brutais e desengonçadas, traduzem suas vontades, não seus pensamentos... A exceção foi um rapaz, coitado, que enrolava, por doze páginas, um amor falastrão e humilhado. Deveria ser bem jovem. Sonhava ser um príncipe encantado, o coitado do menino, e rico, e poderoso. "Escrevo-lhe tudo isso sobre a mesa do taberneiro onde almoço, e, a cada vez que levanto a cabeça, vejo a minha frente, no espelho, minha cara feia."

Aquele jovem enamorado, mesmo com a "cara feia" ainda era capaz de sonhar com alguém para viver entre seus palácios azuis e suas florestas encantadas.

Ninguém espera por mim, nessa estrada que não leva nem à glória, nem à riqueza, nem ao amor.

Nada leva — bem sei — ao amor. É ele que se lança na frente da estrada. Ele a obstrui para sempre ou, se for embora, torna o caminho impraticável, barrento.

O que me resta da vida faz-me pensar em um desses quebra-cabeças de duzentas e cinquenta pecinhas multicolores. Eu tenho que colocar de volta o desenho original, peça por peça: uma casa tranquila no meio do bosque? Não, não: alguém embaralhou as linhas da doce paisagem; agora não posso nem reencontrar os destroços do telhado azul ornado de musgo amarelo, nem a trepadeira, nem a floresta sem pássaros.

Oito anos de casamento, três anos de separação: eis o que preenche um terço da minha existência.

Meu ex-marido? Vocês o conhecem. É Adolphe Taillandy, o pintor. Faz vinte anos que ele faz o mesmo retrato feminino: contra um fundo brumoso e dourado (roubado de Lévy-Dhurmer), ele faz posar uma mulher decotada, com os cabelos, tal como preciosa lã, obnubilando um semblante aveludado. A tez nas têmporas, na sombra da nuca, sobre o côncavo dos seios, é iridescente com o mesmo impalpável efeito de veludo, azul como o das belas uvas que tentam os lábios.

— Nem Potel e Chabot fariam melhor! Disse-me uma vez Foran, diante de uma das telas de meu marido.

Afora seu famoso "aveludado", não creio que Taillandy tenha talento. Mas sou a primeira a reconhecer que suas pinturas são, sobretudo para as mulheres, irresistíveis.

Para começo de conversa, ele enxerga tudo louro, decididamente. Até o cabelo da Madame Guimont-Fautru, uma notória morena magricela, foi adornada por ele com reflexos rubros e dourados, que ele encontrou sabe-se lá onde e que, espargidos sobre sua figura opaca e seu nariz adunco, a tornam uma libertina cortesã veneziana.

Taillandy fez meu retrato também, tempos atrás... Nem se sabe mais que aquela sou eu, uma pequena bacante com o nariz luminoso, o meio do rosto iluminado por um raio de sol como se portasse uma máscara nacarada. Ainda lembro da surpresa que tive, ao me encontrar assim tão loura. Lembro-me também do êxito desta pintura, e o das que a sucederam. Vieram retratos da Madame de Guimont-Fautru, da Baronesa Avelot, da Madame de Chalis, da Madame Robert-Durand e da cantora Jane Doré; então chegamos àqueles, menos ilustres, porque as modelos eram anônimas: a Mademoiselle J. R., Mademoiselle S. S., Madame U., Madame Van O., Madame F. W., e assim por diante.

Foi a época em que Adolphe Taillandy, com aquele cinismo do belo homem que lhe cai tão bem, costumava proclamar:

— Só quero para modelo as minhas amantes; e para amantes, as minhas modelos!

De minha parte, jamais conheci nele outra genialidade que não a de mentir. Nenhuma mulher, nenhuma de suas mulheres, teve tanto quanto eu que medir, admirar, temer e maldizer seu furor pela mentira. Adolphe Taillandy mentia febrilmente, voluptuosamente, infatigavelmente, quase que involuntariamente. Para ele, o adultério era somente uma das formas — e não a mais prazerosa — de mentir.

Desabrochava em mentiras com uma força, variedade e prodigalidade que a idade não pôde extinguir. Ao mesmo tempo em que aperfeiçoava alguma traição ardilosa, planejada com mil cuidados, munida de todas as pesquisas para uma trapaça magistral, eu o via desperdiçar seu engenho e sua energia em imposturas vulgares, dispensáveis, ordinárias, com histórias infantis e quase imbecis...

Eu o conheci, desposei, vivi com ele mais de oito anos... e o que sei dele? Que ele pinta e tem amantes. Sei também que ele opera cotidianamente esse prodígio desconcertante de parecer, para um homem, como um abnegado "trabalhador" que só pensa em seu metiê —, para aquela mulher, um rufião sedutor e sem escrúpulos, — para aquela outra, um amante paternal que apimenta um flerte passageiro com um belo toque de incesto, — para esta outra, o artista cansado, desiludido, que envelhece, adornando seus anos de declínio com um delicado caso amoroso; e ainda há aquelas para quem ele é mais simplesmente um gentil libertino, ainda rígido e sacana; e há ainda a otária bem-nascida e fidalga, que Adolphe espezinha, atormenta, despreza e pega de volta, com toda a crueldade literária de um "artista" de romances da moda.

O próprio Taillandy se insinua, sem transição, na pele do "artista" não menos convencional, porém fora de moda, que, para dobrar a resistência de uma jovem esposa e mãe de dois meninos, joga fora as tintas, rasga a tela, chora lágrimas verídicas que molham seu bigode à la Kaiser Wilhelm, e põe o chapéu para ir afogar-se no Sena.

Há ainda outros Taillandy que eu jamais conhecerei — sem falar de um dos mais terríveis: o Taillandy homem de negócios, o Taillandy que desfalca e escamoteia dinheiro, cínico e brutal ou sonso e esquivo, conforme as circunstâncias do negócio.

Entre todos esses homens, onde está o verdadeiro? Declaro, humildemente, que não sei. Creio que não há um *verdadeiro* Taillandy... este gênio balzaquiano da mentira deixou um dia, bruscamente, de me exasperar, e até de me intrigar. Ele que antes, para mim, era como um Maquiavel apavorante, quem sabe não passava de um Fregoli.[1]

Aliás, ele continua o mesmo. Algumas vezes penso, com terna comiseração, na sua segunda esposa... Será que ainda digere, exultante, crédula e apaixonada aquilo que ela considera sua vitória sobre mim? Não, a essa hora ela começa a descobrir, aterrorizada e impotente, com que tipo de homem se casou. Estará ela sozinha, dependurada sobre o abismo, ou estará refastelando-se nas profundezas, sangrando dos espinhos que me deixaram cicatrizes?

Deus! Como eu era jovem, e como eu amava aquele homem, e como sofri!... E quando digo isso não é um grito de dor, nem um lamento de vingança. É mais como um suspiro que me vem de vez em quando, como quem diz "se você soubesse como eu estava mal há quatro anos." E quando eu confesso que "tinha tantos ciúmes que queria matar e morrer" é como as pessoas que dizem "tive que comer ratos durante o Cerco de 1870": elas se lembram, mas guardam daquele tempo do Cerco só uma recordação. Sabem que comeram ratos, mas já não revivem em si o horror e o frêmito da fome.

Depois das primeiras traições, depois das revoltas e das submissões de uma jovem esposa amorosa que teimava em ter esperança e em viver, me pus a sofrer

---

[1] Leopoldo Fregoli: *ator famoso pela habilidade de desempenhar vários papéis ao mesmo tempo, trocando de figurino e caracterização agilmente.* [NE]

com um orgulho e uma obsessão intratáveis — e a fazer literatura.

Somente pelo prazer de me refugiar em um passado tão próximo, escrevi um pequeno romance de província, *A era sobre o muro*[2], tão singelo e plácido como os açudes de minha terra natal, uma casta noveleta de amor e casamento, um pouco ingênuo e delicado, que teve um sucesso inesperado, muito além do que merecia. Meu retrato apareceu em todas as revistas, a *Vie Moderne* me granjeou seu prêmio anual e nos tornamos, Adolphe e eu, "o casal mais interessante de Paris", aquele que é convidado a jantar e que é exibido aos estrangeiros proeminentes... "Você ainda não conhece os Taillandy? Renée Taillandy é muito talentosa" "Oh e ele?" "Ele... bem... ele é irresistível!".

Meu segundo livro, *Ao lado do amor*, vendeu bem menos. Ao mesmo tempo, saboreei, ao colocá-lo no mundo, a volúpia da escrita, a luta paciente contra a frase, que termina subjugando-se e deitando enovelada, como uma fera domada — a espera imóvel, a tocaia que acaba por *encantar* a palavra... Sim, meu segundo volume vendeu pouco. Mas ele me granjeou — como é que se diz mesmo — a "estima dos homens de letras". Quanto ao terceiro, *A floresta sem pássaros*, ele caiu e não se levantou. Este é meu preferido, minha "obra-prima desconhecida"... Disseram que era difuso e confuso, e incompreensível, e longo... Até hoje, quando o abro,

---

[2] *Aqui a autora faz eco a sua obra* Claudine à l'école, *inicialmente creditada a seu marido,* Willy. [NE]

eu o amo, de todo meu coração. Incompreensível? Para vocês, talvez. Porém, para mim, sua cálida obscuridade me ilumina: uma palavra é capaz de recriar o cheiro, a cor das horas vividas — ele é sonoro e pleno e misterioso como uma concha onde canta o mar, — e eu o amaria menos, creio, se vocês o amassem também... Não se preocupem: não escreverei outro livro como esse... não teria como.

Outros trabalhos, outras preocupações tomam-me agora, especialmente a necessidade de ganhar a vida, de trocar meus gestos, minha dança, o som da minha voz por dinheiro vivo. Logo adquiri o hábito, e o gosto, com um apetite bem feminino pelo dinheiro. Estou ganhando minha vida, este é um fato. Quando estou me sentindo bem, digo e repito a mim mesma, alegremente: estou ganhando minha vida! O *music hall*, onde me tornei mímica, dançarina, e até atriz vez por outra, me fez também — o que descobri atônita — discutir e negociar, uma pequena comerciante, honesta e rígida. É um metiê que até a mulher menos dotada aprende rápido, quando sua vida e sua liberdade dependem disso.

Ninguém entendeu nada da nossa separação. Mas será que compreenderam algo antes, minha paciência, a minha longa, covarde e completa complacência? Ai, não é só o primeiro perdão que dói... Adolphe aprendeu rapidamente que eu pertencia à melhor, à verdadeira raça das mulheres: àquela que, tendo uma vez perdoado, torna-se, por uma progressão habilmente manejada, aquela que suporta , e depois a que aceita... Ah, o sábio mestre que ele foi para mim. Como ele sabia dosar a indulgência e a exigência!... Ele chegava, quando me mostrava mais reação, a me bater, mas acho que ele não tinha vontade de fazê-lo. Um homem fora de si não bate tão bem, e este me espancava, de vez em quando, só para reforçar seu prestígio. Assim que nos divorciamos, logo vieram apontar em mim todas as culpas, para inocentar o "belo Taillandy", culpado apenas de dar prazer e de trair. Cheguei quase a ceder, intimidada, forçada à minha submissão habitual tal foi o estardalhaço em torno de nós.

— Como é? Ele a engana há oito anos e só agora ela se dá conta de reclamar?

Recebi a visita de amigos autoritários, superiores, que sabiam bem "o que é a vida"; recebi parentes idosos, cujo argumento mais forte era:

— E o que é que você queria, minha filha?

O que eu queria? No fundo, sabia muito bem. Já não suportava aquilo. O que eu queria? Morrer, melhor isso que arrastar minha vida humilhada de "mulher que tem tudo para ser feliz". Morrer, sim, arriscar a miséria diante do suicídio, mas nunca tornar a ver Adolphe Taillandy, aquele Adolphe Taillandy que só mostrava quem era de verdade na intimidade conjugal, aquele que sabia bem me advertir, sem erguer a voz, investindo contra mim seu queixo de sargento-ordenança:

— Amanhã começo o retrato de Mademoiselle Mothier; tenha a bondade, pois não, de não lhe fazer essa cara.

Morrer, arriscar as piores quedas, mas não mais surpreender o gesto brusco escondendo uma carta amassada, nem a conversa falsamente banal ao telefone, nem o olhar do camareiro cúmplice — e nunca mais ter que ouvir, em tom displicente:

— Não acha que você deveria passar uns dois dias com sua mãe essa semana?...

— Partir — mas não mais para me submeter a levar para passear, um dia inteiro, uma das amantes de meu marido, enquanto ele entretém, seguro e protegido por mim, uma outra! — Partir, e morrer, e nunca mais fingir ignorar, mas nunca mais tolerar a espera noturna, a vigília que congela os pés, no leito grande demais — não mais arquitetar esses projetos de vingança que nascem no breu, que aceleram as batidas de um coração irritado, envenenado pelo ciúme, que se dilaceram ao ruído de uma chave na fechadura — para covardemente se aplacarem em seguida, quando uma voz familiar exclama:

— O quê? Ainda está acordada?

Não suportei mais.

Podemos nos acostumar à fome, à dor de dentes ou do estômago, podemos nos acostumar até à ausência de uma pessoa amada — mas não podemos nos acostumar ao ciúme. E aconteceu o que Taillandy, que pensava em tudo, não previu: um dia em que, para melhor receber Mademoiselle Mothier sobre o grande divã do ateliê, ele me pôs, sem cortesia, da *minha* porta para fora. Não tornei a entrar.

Não tornei a entrar essa noite, nem na seguinte, nem nas posteriores. E é assim que termina — ou começa — minha história.

Não vou me alongar sobre o período moroso e breve de transição, quando respondi com o mesmo mau-humor as recriminações, os conselhos, as consolações e até os parabéns.

Desencorajei os raros amigos insistentes que vinham bater à porta de um minúsculo apartamento qualquer que aluguei. Senti-me tão ultrajada quando soube que para alguém me ver teria que enfrentar a opinião pública — a sacrossanta e soberana e ignóbil opinião pública — que rompi, com um gesto de ira, com tudo o que me prendia ao passado.

E então? Isolamento? Sim, isolamento com três ou quatro amigos próximos. Eram os teimosos, esses amigos: os inseparáveis, dispostos a suportar todas as minhas grosserias. Como eu os recebia mal, mas como eu os amava, e como tinha medo, quando iam embora, de que não voltassem mais!...

O isolamento, sim. Ele me aterrorizava, como um remédio que pode matar. Depois dei-me conta de que... estava apenas continuando a viver sozinha. Vinha assim desde lá atrás, da minha infância, e os primeiros anos de meu casamento mal chegaram a mudar essa condição: ela voltou, austera, dura de chorar, desde as primeiras traições conjugais, e essa é a parte mais banal da minha história... Quantas mulheres já não viveram esse recolhimento em si, esse retraimento paciente que se sucede às lágrimas de revolta? Faço justiça a elas e um elogio a mim mesma: é somente na dor que uma mulher torna-se capaz de superar a mediocridade. Sua resistência é infinita: pode-se lhe usar e abusar sem riscos dela fenecer, desde que uma covardia física pueril qualquer ou uma esperança religiosa a desvie do suicídio simplificador.

"Ela morre de tristeza... ela morreu de desgosto..." Quando ouvir tais clichês, balance a cabeça, mas não por piedade: por ceticismo. Mulher nenhuma pode morrer de desgosto. É um animal tão firme, tão duro de matar! Acha que o sofrimento a consome? Nada. Na maioria das vezes, mesmo que nasça frágil e doentia, ela ganha nervos infatigáveis, um orgulho que não se dobra, uma capacidade de aguardar, de dissimular, que a engrandece, e um desdém por aqueles que são felizes. No sofrimento e na dissimulação ela se exercita e torna-se flexível, como em uma arriscada ginástica diária... Porque ela esbarra constantemente na mais pungente, na mais suave, na mais atraente das tentações: a de vingar-se.

Pode acontecer dela chegar — se fraca demais ou se amar demais — a matar... Ela assim pode oferecer ao assombro do mundo inteiro o exemplo dessa desconcertante resistência feminina. Ela fatigará os juízes, os submeterá à provação de intermináveis audiências, os deixará exangues, como as raposas fazem com os cães de caça inexperientes. Tenham certeza que uma longa paciência, formada por mágoas sofregamente guardadas, afinou e endureceu essa mulher de quem se diz:

— Ela é feita de aço!

Ela é feita de mulher, simplesmente. E é o que basta.

A solidão, a liberdade, meu trabalho prazeroso e penoso de mímica e dançarina... os músculos felizes e fustigados, a nova preocupação (que me relaxa das anteriores), a de ganhar por conta própria minhas refeições, meu vestido, meu aluguel... eis o fardo que logo me coube, como também a desconfiança selvagem, o nojo pelo ambiente em que eu vivia e sofria, um estúpido medo de homem, dos homens, e das mulheres também. Uma necessidade doentia de ignorar o que se passava no meu entorno, de não ter perto de mim senão pessoas rudimentares, que mal sabiam pensar. E ainda essa bizarrice, que logo me veio, de me sentir isolada, guardada dos meus semelhantes, somente quando estou no palco. Porque, como uma Brunhilde desabusada, não temo nem sequer a Sigfried, e a barreira de fogo me protege de todos.

É domingo de novo. E como o frio escuro tornou-se o frio claro, retomamos nossa recreação higiênica, minha cadela e eu, pelo Bois de Boulogne, entre onze e o meio dia — após o almoço haverá uma *matinée*... Essa animal me arruína. Sem ela, eu poderia chegar ao Bois de metrô, mas por ela gasto com prazer os três francos do táxi. Negra como uma trufa, lustrada com escova e trapo de flanela, o bosque todo pertence a ela, com seus rosnados de porco, seus latidos por meio das folhas secas reviradas.

Que belo domingo e que lindo é este Bois de Boulogne! É a nossa floresta, nosso parque, meu e de Fossette, vagantes urbanas que não sabem nada do mato, tirando os verões... Fossette corre mais rápido que eu, mas eu caminho mais rápido que ela e, quando ela não brinca mais de dar voltas ao meu redor, com os olhos loucos e esbugalhados, língua para fora, passa a me seguir num passo lépido, um trote agalopado e descompassado que faz as pessoas rirem.

O nevoeiro rósco filtra o sol, um sol cru que se pode encarar. Dos gramados desnudos levanta-se um incenso trêmulo e argênteo, com cheiro de cogumelos. O cachecol gruda em meu nariz e todo meu corpo, aquecido pela caminhada, atiçado pelo frio, se lança para frente... Será mesmo que mudei tanto assim desde os meus vinte anos? Em uma manhã de inverno como essa, no ponto mais belo da adolescência, será que fui mais firme, mais elástica, mais fisicamente feliz?...

Pena que posso acreditar nisso só enquanto dura minha caminhada pelo bosque... Quando estou de volta, é meu cansaço que me desengana. Não é mais o *mesmo* cansaço. Aos vinte anos, eu teria desfrutado da fadiga passageira como uma espécie de devaneio entorpecido. Hoje o cansaço me traz amargor, como uma tristeza do meu corpo.

Fossette nasceu uma cachorra de luxo e uma atriz canastrona: é louca pelo palco e adora subir no primeiro automóvel chique que vê. No entanto quem a vendeu para mim foi o Stéphane-o-Dançarino: como se vê, Fossette nunca morou com nenhuma atriz de fortuna. Stéphane-o-Dançarino é meu colega. Agora mesmo está trabalhando na mesma espelunca que eu, o Empyrée-Clichy. Esse louro gaulês, que a tuberculose vai consumindo um pouco a cada ano, vê murcharem seus bíceps, suas pernas rosadas revestidas de uma penugem dourada e irisada, os belos peitorais dos quais ele se orgulhava com razão. Já foi obrigado a trocar o boxe pela dança e pelos patins... ele patina no palco inclinado; e nesse meio-tempo "virou" professor de dança e ainda cria buldogues para apartamentos. Está tossindo muito nesse inverno. Muitas vezes, à noite, entra em meu camarim, tosse, senta-se e me propõe a compra de uma "buldogue cinza rajada que é uma beleza, só não tirou o primeiro lugar no concurso por uma questão de ciúmes...".

Coitado!... Esta noite chego ao corredor, perfurado de cubículos, onde fica meu camarim justamente quando Stéphane deixa o palco. Magro na cintura, largo nos ombros, apertado em seu dólmã polonês debruado de chinchila falsa, touca de pele afundada até as orelhas, é ainda muito atraente para as mulheres, este rapaz de olhos azuis e as bochechas sarapintadas de rosa... Mas ele está perdendo peso, perdendo peso pouco a pouco, e seu sucesso com as mulheres está acelerando seu mal...
— Olá!
— Olá, Stéphane! Muita gente?
— E como! Sei lá o que esses filhos da puta fazem aqui, quando está um tempo tão bonito lá fora... Vem cá... você não estaria precisando... me falaram de uma cadelinha schipperke que pesa só seiscentos gramas. É uma oportunidade com alguém que conheço...
— Seiscentos gramas? Obrigada, mas meu apartamento é pequeno demais!
Ele ri e não insiste mais. Conheço bem esses cães schipperke que Stéphane vende! Pesam bem uns dois quilos. Não é malandragem, é do comércio.
O que fará Stéphane-o-Dançarino, quando se esvair o que resta dos seus pulmões, quando não dançar mais, quando não puder deitar-se com as mulherzinhas que lhe pagam os charutos, as gravatas e as bebidas?... Que hospital, que asilo abrigará sua bela carcaça vazia?... Que triste é isso, e que insuportável é o sofrimento de tanta gente...

Olá, Bouty! Olá, Brague!... Alguma notícia de Jadin?

Brague dá de ombros, sem responder, absorto que está em retocar as sobrancelhas, que carrega de um púrpura escuro porque "assim fica mais feroz". Ele tem um azul específico para as rugas, um vermelho-alaranjado só para a parte de dentro dos lábios, um ocre que usa como base, um vermelho viscoso para o sangue que escorre e, sobretudo, um branco específico para as máscaras de pierrô, "cuja fórmula, te garanto, não daria nem para meu próprio irmão!". Enfim, ele faz um uso habilidoso dessa sua mania policromática, e não conheço nenhuma outra extravagância desse mímico inteligente e quase meticuloso demais.

Bouty, muito delgado em suas vestes quadriculadas bufantes, me faz um sinal misterioso.

— Eu a vi, com meus próprios olhos, a sonsa da Jadin. Eu a vi nos Boulevards, com um sujeito. Tinha umas plumas desse tamanho! Vestia umas luvas de pele desse tamanho! E uma cara de quem está pouco se fudendo a cem francos a hora.

— Se ela ganha cem francos por hora não precisa mesmo se queixar, interrompeu Brague, com sua lógica.

— Nem te digo, camarada. Mas ela não vai ficar pelos bulevares. É uma menina que não conhece muito bem o dinheiro. Já sei qual é a dela, há muito tempo. Sua mãe morava na minha vila...

Do meu camarim, aberto, defronte do de Brague, vejo o pequeno Bouty, que se calou bruscamente sem terminar a frase. Pousou a garrafinha de meio litro de leite, para "requentar" sobre o cano do aquecedor que corre pelos rodapés dos camarins. Sua figura em vermelho-barro e branco-giz não deixa adivinhar a verdadeira expressão do seu rosto: no entanto, para mim parece claro que o pequeno Bouty, desde a partida de Jadin, está cada dia mais deprimido...

Para embranquecer e empoar meus ombros e meus joelhos que estão marcados de "azul" com as pancadas — Brague não faz corpo mole quando me atira ao chão! — fecho a porta, sabendo que Bouty não falará mais nada. Assim como os outros — e como eu mesma — ele quase nunca fala de sua vida privada. É esse silêncio, esse pudor obstinado, que me me deu a impressão errada sobre meus camaradas, quando comecei no *music hall*. Os mais extrovertidos, os mais vaidosos falam de seus êxitos, de suas ambições artísticas, com a veemência e a seriedade obrigatórias; os mais desagradáveis chegam a falar mal da "espelunca" e dos outros colegas; os mais falastrões ficam repetindo as piadas de palco e salão — um em cada dez, se tanto, sente a necessidade de dizer: "tenho uma mulher e duas filhas, minha mãe está doente, minha namorada está me atormentando...".

O silêncio com que guardam sua vida íntima parece uma forma educada de dizer: "o resto não é da sua conta". Terminado o espetáculo, limpam a tinta pastosa da cara, colocam o chapéu e o cachecol e partem, com uma presteza na qual enxergo tanto orgulho quanto discrição. Orgulhosos são quase todos, e pobres: o "colega que pede emprestado", no *music hall*, é quase uma exceção. Minha consideração, nunca expressa, por eles só cresceu e se esclareceu nesses três anos, e agora abarca a todos, sem preferências.

Os artistas do café-concerto... esses são uns desconhecidos, desvalorizados, incompreendidos! Sonhadores, orgulhosos, cheios de uma absurda e antiquada fé nas artes: somente eles, os derradeiros, ousam ainda declarar, com fervor religioso:

— Um *artista* não deve... um *artista* não pode aceitar... um *artista* não pode permitir...

Orgulhosos, sim! Pois ainda que de seus lábios saiam sempre um "que porcaria de profissão" ou "que merda de vida", jamais escutei algum deles suspirar "estou tão infeliz...".

Orgulhosos, e resignados a existir somente por uma hora, dentre as vinte e quatro! Porque a injusta plateia, mesmo quando aplaude, os esquece logo depois. Um jornal pode ficar vigiando, indiscretamente, o que faz e o que deixa de fazer a mademoiselle X., da Comédie-Française, cujas opiniões sobre moda, política, culinária e amor preencherão a cada semana o ócio do mundo inteiro... Porém, pobre do pequeno Bouty, inteligente e gentil. Quem vai se importar em perguntar o que você faz, o que você pensa, sobre o que você se cala, quando a escuridão o tiver envolvido e você estiver descendo o Boulevard Rochechouart quase à meia-noite, quase transparente no seu paletó "estilo inglês" comprado na Samaritaine?

Pela vigésima vez, eu rumino, sozinha, esses pensamentos nada alegres. E meus dedos, enquanto isso, vão cumprindo, de modo alerta e inconsciente, suas tarefas habituais: branco-pastoso, rosa-pastoso, pó-de-arroz, rosa seco, azul, marrom, vermelho, negro... Mal tinha acabado quando duras garras arranharam minha porta. Abro de imediato, porque é a patinha pedinte de uma pequena fox-terrier que "trabalha" na primeira parte do espetáculo.

— Aí está você, Nelle!

Ela entra, segura de si, séria como um empregado de confiança, e me deixa fazer carinho em seu flanco, ainda febril pelo exercício, enquanto seus dentes, um pouco amarelados pelo tempo, destroçam um bolo seco.

Nelle tem uma pelagem ruiva, lustrosa, com uma máscara negra onde despontam belos olhos de esquilo.

— Quer mais um bolinho, Nelle?

Bem educada, ela aceita, sem sorrir. Atrás dela, no corredor, sua família a aguarda. Sua família é um homem grande e magro, silencioso, impenetrável, e que não fala com ninguém, mais dois collies brancos, corteses, que se parecem com o dono. De onde veio esse tal homem? Que caminhos o fizeram chegar até aqui, ele e seus collies, parecidos a três príncipes destronados? Sua maneira de tocar o chapéu, seus gestos, são de um fidalgo, assim como sua longa figura afiada. Meus camaradas, talvez adivinhando, o apelidaram de "o Arquiduque".

Ele espera, no corredor, que Nelle tenha terminado seu bolinho. Não há nada mais triste, de mais digno, de mais desdenhoso, que esse homem e seus três animais, orgulhosamente resignados a sua sina de andarilhos.

— Adeus, Nelle.

Fecho a porta, e o tilintar da cachorrinha vai se distanciando. Será que tornarei a vê-la? Nessa noite completa-se uma quinzena, e talvez o fim de um ciclo para "Antoniev e seus cães"... Para onde irão? Onde brilharão os belos olhos castanhos de Nelle, que me dizem tão claramente: "sim, você me faz carinho... sim, você me ama... sim, você tem uma caixa de bolinhos para mim... mas amanhã, ou no dia seguinte, nós vamos partir! Não me peça nada além da minha gentileza de cachorrinha bem-educada, que sabe andar nas patas dianteiras e dar um salto mortal. Assim como o repouso e a segurança, a ternura para nós é também um luxo inacessível...".

Das oito horas da manhã até as duas da tarde, quando o tempo está claro, meu apartamento térreo se beneficia, entre duas falésias de prédios novos, de uma réstia de sol. Um pincel reluzente toca primeiro minha cama, cresce como um lençol quadrado e meu cobertor lança no teto um reflexo rosado...

Espero, preguiçosa, que o sol atinja meu rosto, me resplandeça sob as pálpebras fechadas — e que a sombra dos pedestres passe por mim, como uma asa escura e azul. Ou então eu salto da cama, galvanizada, e atiro-me febril à faina: as orelhas de Fossette passam por exame minucioso e seu pelo é lustrado com uma escova de pelos duros... Ou, ainda, inspeciono, sob a grande luz implacável, tudo o que já vai falhando em meu corpo: a frágil seda das pálpebras, o canto da boca que o sorriso começa a marcar com uma dobra triste, e, em torno do meu pescoço, esse triplo colar de vênus, que uma mão invisível afunda um pouco mais a cada dia na minha carne...

Esse rígido exame que é perturbado, hoje, pela visita de meu colega Brague, sempre lépido, sério, desperto. Eu o recebo, como faço no meu camarim, coberta apenas por um quimono de crepe de seda, ao qual as patas de Fossette acrescentaram, em um dia de chuva, pequenas flores cinza de cinco pétalas.

Não é necessário, para Brague, empoar meu nariz nem exagerar, com um traço azul, o comprimento de minhas pálpebras... Brague só olha para mim nos ensaios, e para dizer:
— Não faça assim, está feio... Não abra a boca tão alto, fica parecendo um peixe... Não aperte tanto os olhos, fica parecendo uma ratazana... Não recolha os quadris quando anda: fica parecendo uma égua...
Foi Brague quem guiou, se não meus primeiros passos, pelo menos meus primeiros gestos no teatro e, se lhe tenho ainda uma confiança de aluna, ele não esquece de me tratar, muitas vezes como "amadora inteligente", o que quer dizer que ele mostra alguma impaciência na discussão e tende a fazer prevalecer sua opinião.
Esta manhã ele entra, alisa os cabelos na nuca como se enfiasse uma peruca e, como sua figura catalã, barbeada, traz sempre esse ar atento que lhe é característico, fico me perguntando se ele teria boas ou más notícias a dar...
Ele contempla meu raio de sol como se fosse um objeto valioso e olha para as duas janelas...
— Quanto é que você paga por esse térreo?
— Já te disse: mil e setecentos.
— E tem até elevador! E é ensolarado, parece até Nice!... Ah, e a propósito: teremos uma *soirée*.
— Quando?
— Quando? Ora, esta noite!
— Oh...
— Por que "oh"? Algum problema?
— Não. Vamos levar a pantomima?

— Nada de pantomima. Lá é muito sério. Tuas danças. E eu apresentarei o *Pierrô Neurótico*.
— Levanto-me, sinceramente com medo.
— Minhas danças? Mas eu não posso. E, além disso, perdi minhas partituras em Aix! E a moça que me ajuda mudou de endereço... Se tivéssemos pelo menos dois dias para preparar...
— Não tem como! — diz Brague, impassível. Eles tinham Badet no programa, ela ficou doente.
— Isso já é demais! Acha que eu sou o quê? Suplente? Vá fazer seu Pierrô se quiser, eu é que não danço.
Brague acende um cigarro, e deixa cair uma palavra.
— Quinhentos.
— Para nós dois?
— Para você. Eu ganho o mesmo.
Quinhentos! Quase uma semana de aluguel... Brague fuma sem olhar para mim... sabe muito bem que vou aceitar.
— É claro... quinhentos. A que horas?
— Meia-noite, naturalmente. Vire-se para conseguir a música e tudo o mais, certo? Boa noite, até a noite... Ah! Está sabendo? Jadin voltou!
— Torno a abrir a porta que ele acabou de fechar:
— Sério? Quando?
— Ontem, à meia-noite, logo depois de você ir embora... Com uma cara... Você vai ver: ela vai cantar de novo na espelunca... Mil e setecentos, você disse? É um espanto. E há mulheres em todos os andares?
E lá se vai, circunspecto e safado.

Uma *soirée*... Uma apresentação privada... Brr! Essas três palavras têm o dom de me desencorajar. Não ouso contar a Brague, mas admito a mim mesma enquanto olho no espelho com essa cara de velório e sinto o tremor de covardia percorrendo a espinha...
Tornar a vê-los, *eles*... Eles a quem abandonei com violência, eles que me chamavam de "Madame Renée", com o desplante de nunca me chamarem pelo sobrenome do meu marido... Aqueles homens — e aquelas *mulheres!* As mulheres que me traíram com meu próprio marido, os homens que sabiam que ele não me era fiel...
Passou-se o tempo em que eu via em cada mulher uma atual ou provável amante de Adolphe e os homens nunca fizeram muito medo à esposa apaixonada que eu era. Mesmo assim guardei um medo imbecil e supersticioso de *salons* onde pudesse vir a encontrar-me com testemunhas, com cúmplices de meu passado infeliz...
Para começar, essa apresentação privada me faria perder meu almoço com Hamond, um pintor já fora de moda, meu velho, fiel e débil amigo, que vem de vez em quando comer seu macarrão cozido comigo... Não conversamos muito: ele repousa sua cabeça, a de um Dom Quixote enfermo, no espaldar da poltrona e, depois do almoço, brincamos de provocar a tristeza um do outro. Ele me fala sobre Adolphe Taillandy, não para me torturar, mas para lembrar de um tempo em que ele, Hamond, era feliz. E eu lhe falo sobre sua jovem e maliciosa esposa, a quem ele desposou em um momento de loucura e que partiu quatro meses depois com um sujeito qualquer...

Entregávamo-nos a tardes de melancolia, que nos deixavam exangues, os rostos envelhecidos, amargos, a boca ressecada por repetir tantas coisas desoladoras, e jurando não recomeçar... No sábado seguinte, reunidos à mesa, contentes por voltarmos a nos ver, impenitentes: Hamond desencavou uma história inédita sobre Adolphe Taillandy e, de uma cômoda extraí, para ver meu melhor amigo voltar às lágrimas, uma fotografia em que trago nas mãos uma jovem Madame Hamond, loura, agressiva, empertigada como uma serpente sobre a cauda...

Porém, hoje nosso almoço não será possível. Mesmo assim, Hamond, animado e gelado, trouxe-me as belas uvas negras de dezembro, azuis como ameixas, cada bago um cantil de água insípida e doce — e essa maldita apresentação particular vai deixar todo o dia sombrio para mim.

À meia-noite e quinze chegamos à avenida du Bois, Brague e eu. Que belo palacete! O tédio aí deve ser suntuoso... O imponente serviçal que nos conduz ao "salão reservado aos artistas" oferece-me ajuda para tirar meu casaco forrado de pele; ao que me recuso com amargura: será que ele acha que vou ficar aqui esperando, vestida com não mais que quatro colares azuis, um escaravelho alado e alguns metros de filó, à disposição dessas damas e cavalheiros?

Bem mais educado que eu, o serviçal não insiste, e nos deixa sozinhos. Brague se alonga diante de um espelho, ficando — com o rosto pintado de branco e sua calça frouxa de pierrô — com uma magreza imaterial... Ele tampouco gosta dessas apresentações particulares. Não que para ele faça tanta falta a "barreira de fogo" entre ele e *eles*, quanto faz para mim, mas ele tem pouco respeito por aqueles que ele chama de "clientes" de *salon*, e retribui aos espectadores da alta sociedade um pouco daquela indiferença malévola com que eles nos olham:

"Será", pergunta Brague, me entregando um cartão, "que *esse povo* vai conseguir um dia escrever meu nome direito? Eles só me chamam de Bra*gne* nos programas!".

Muito magoado, por dentro, ele vai-se, crispando os lábios finos pintados de carmim, até desaparecer por uma porta ornada com flores, porque outro serviçal imponente acaba de lhe chamar, educadamente, por seu nome estropiado.

Em quinze minutos será a minha vez... Olho no espelho e me acho feia, sinto falta da luz elétrica, crua, do meu camarim, que forra as paredes brancas, banha os espelhos, e penetra e acetina a maquiagem... Será que haverá um tapete sobre o praticável? Se eles pudessem ter coçado o bolso, como diz Brague, e comprado algumas luzes, uma ribalta, pequena que fosse... Essa peruca de Salomé me aperta as têmporas e atiça minha enxaqueca... estou com frio...

— É a sua vez, minha velha! Vai lá entregar a mercadoria!

Brague, de volta, já está tirando com a esponja a maquiagem branca, raiada de suor e que manchou seu casaco, enquanto fala:

— Gente fina, vê-se logo. Não fazem muito barulho. Eles falam, é claro, mas não riem muito alto... Toma:

aqui tem dois francos e quinze, minha parte da corrida do táxi... Vou pra casa.

— Não vai me esperar?

— Pra quê? Você vai para Les Ternes; eu vou para Montmartre, não é caminho. E além disso eu tenho que dar aula amanhã cedo, nove horas... Boa noite, até amanhã.

Então vamos lá. É a minha vez. Minha pianista raquítica está a postos. Enrolo em torno do meu corpo, com uma mão que treme de nervoso, o véu que constitui quase todo meu figurino, um véu redondo, roxo e azul, que mede quinze metros...

Não consigo distinguir nada, no começo, por trás da fina treliça de minha gaiola de gaze. Meus pés nus, conscientes, tateiam a lã curta e ríspida de um belo tapete persa. Que pena, não há ribalta...

Um breve prelúdio desperta e retorce a crisálida azulácea que represento, liberando lentamente os membros. Pouco a pouco, o véu se solta, ondula, esvoaça e tomba, revelando-me aos olhos daqueles que estão lá e que suspenderam, para me verem, sua tagarelice raivosa.

Eu os vejo. Tento evitar, mas os vejo.... Enquanto danço, enquanto rastejo, enquanto rodopio, eu os vejo — e os reconheço!...

Está lá, na primeira fila, uma mulher, ainda jovem, que foi, por um bom tempo, amante de meu ex-marido. Ela não esperava por mim esta noite, e eu não sonhava em vê-la. Seus dolorosos olhos azuis, a única coisa que tem de belo, exibem tanto estupor quanto medo. Não sou eu o que ela teme, mas a presença súbita que a atirou, sem cuidados, em suas lembranças, ela que sofreu por Adolphe, ela que teria largado tudo por ele, ela que queria, com gritos lancinantes e lágrimas fervorosas e imprudentes, matar seu marido, matar a mim também, e fugir com Adolphe... Ele já não a amava, e a achava um fardo. Ele a deixava comigo, por dias inteiros, com a missão — que estou dizendo? com a *ordem!* — de não a deixar voltar antes das sete horas e nunca houve conversas *tête-à-tête* mais desoladoras que essa dessas duas mulheres traídas que se odiavam. Uma ocasião, a pobre criatura perdeu o que lhe restava de força e caiu em lágrimas de humilhação, enquanto eu a assistia chorar, sem sentir pena alguma por suas lágrimas e me orgulhando de minha capacidade de reter as minhas próprias...

Lá está ela, na primeira fila. Foi usado todo o espaço disponível, e sua cadeira está tão próxima ao praticável que eu poderia, com um carinho irônico, esvoaçar seus cabelos, que ela pintava de louro por estarem embranquecendo. Ela envelheceu nesses quatro anos e me olha com terror. Ela encara, por meu intermédio, seu pecado, seu desespero, seu amor que talvez tenha por fim acabado...

Atrás dela reconheci uma outra... e mais aquela... Elas vinham tomar chá em minha casa, a cada semana, quando eu era casada. Elas talvez tenham se deitado com meu marido. Isso não tem importância... Nenhuma parece saber quem eu sou, mas alguma coisa diz que elas me reconheceram, porque uma finge ter se distraído e sussurra animada para a mulher a seu lado; outra exagera sua miopia e a terceira, abanando-se e com a mão tremendo, fica cochichando:

— Mas que calor! Que calor!

Elas mudaram seus penteados, desde a época em que eu fazia companhia a esse "mundo real" das falsas amizades... Elas usam agora, todas, a obrigatória faixa de cabelos cobrindo as orelhas, atada com uma fita larga ou uma faixa de metal, que lhes confere um ar convalescente e encardido. Não se veem mais nucas tentadoras ou frontes vaporosas, veem-se apenas os focinhos — maxilares, queixos, bocas e narizes — que nesse ano revelam sua verdadeira e chocante natureza animalesca...
Nas laterais, e ao fundo, há uma linha sombria de homens de pé. Eles se amontoam e se projetam para a frente, com a vulgar curiosidade que um homem de classe tem por uma mulher que "perdeu sua posição". Estavam acostumados a beijar a ponta de seus dedos nos *salons*, agora ela está dançando seminua no praticável...
Vamos, vamos! Esta noite estou demasiado consciente e, se não tomo cuidado, estrago a dança... Então danço, danço... Uma bela serpente enrola-se sobre o tapete persa, uma ânfora do Egito se inclina e derrama uma cascata de cabelos perfumados — uma nuvem se ergue e se dissipa, azul e tormentosa, uma bela felina se lança e recua, uma esfinge da cor das areias douradas alonga-se, os cotovelos apoiados ao chão, o quadril para trás e os seios projetados adiante... Não me esqueço de nada, voltei a estar no controle. Vamos, vamos! Essas pessoas, elas existem? Não, não, real são apenas a dança, a luz, a liberdade, a música... Real é apenas ritmar seu pensamento, traduzi-lo em belos gestos. Não é um movimento do meu quadril, ignorando qualquer corrente ou grilhão, que vai insultar esses corpos redu-

zidos pelo espartilho, consumidos por uma moda que lhes exige magras.

Tenho coisa melhor a fazer do que as humilhar: quero, só por um instante, seduzi-las! Mais um esforço, vamos lá: já vejo as nucas, carregadas de joias e de cabelos, me seguem com um vago balanço obediente... Eis que vai se apagar, em todos os olhos, a luz da vingança — eis que já vão ceder e sorrir, juntas, todas essas bestas encantadas.

Ao fim da dança, o barulho — bem discreto — dos aplausos corta o encantamento. Eu desapareço, para voltar e fazer a saudação ao público, com um sorriso circular... Ao fundo do salão, uma silhueta masculina gesticula e grita: "Bravo!". Eu reconheço aquela voz e esse manequim alto e negro...

Mas não é que é o idiota da outra noite?! É o Grande Paspalho!... Não fiquei muito tempo na dúvida, de qualquer maneira, ao vê-lo entrar, de cabeça baixa, na saleta onde fui ter com a minha pianista. Ele não está sozinho, está com outro paspalho alto e escuro, que está com cara de ser o dono da casa.

— Madame... o outro me saúda.

— Monsieur...

— Queira me permitir agradecê-la por ter concedido a bondade, prontamente, de vir... e de expressar toda a minha admiração...

— Por deus, Monsieur...

— Sou o Monsieur Dufferein-Chautel.

— Ah! Claro...

— E este é meu irmão, Maxime Dufferein-Chautel, que deseja ardentemente ser apresentado à senhora...

Meu Grande Paspalho daquele dia volta a me cumprimentar e consegue pegar, e beijar, uma mão que estava ocupada em ajeitar o véu azul... Depois ele fica lá e não diz mais nada, bem menos à vontade do que quando estava em meu camarim...
Enquanto isso, Dufferein-Chautel nº 1, constrangido, amarrota um envelope fechado:
— Eu... eu não sei se deveria tratar com monsieur Salomon, o empresário da senhora... ou se é com a senhora mesmo que devo entregar...
Dufferein-Chautel nº 2, subitamente corado sob sua pele morena, lhe lança um olhar furioso e ferido, e já não se sabe qual dos dois é mais paspalho!
Para que ficar constrangido? Eu os salvo, alegremente, do apuro:
— Ora, mas a mim mesma, Monsieur, bem simples! Passe-me o envelope ou, melhor, coloque-o entre minhas partituras — porque, e isso digo em confiança, meu figurino de bailarina não tem bolsos!...
Eles começam um riso aliviado e bem-educado e, declinando a oferta matreira de Dufferein-Chautel nº 2, que se preocupa com o risco de eu ser atacada pelos *apaches* de Les Ternes, consigo ir para casa sozinha, agarrando feliz minha grande nota de quinhentos francos, para me deitar e dormir...

Ao escorregar minha mão na caixa onde se colocam as cartas — uma caixinha pregada ao lado da mesa do bilheteiro, eu perturbo, nessa noite de sexta-feira, um belo cafetão com um boné, um desses tipos clássicos que pululam no bairro.

Ainda que popularizado pelos desenhos, as caricaturas, peças e pelo *vaudeville*, o cafetão permanece fiel ao pulôver ou à camisa colorida sem colarinho, à boina, ao casaco onde as mãos, enfiadas no bolso, apertam e acentuam os quadris, e aos cigarros apagados e aos sapatos que não fazem barulho...

Nos sábados e domingos, esses cavalheiros preenchem a metade do nosso Empyrée-Clichy, alinham-se no balcão, e gastam dois francos e 25 centavos para reservar as cadeiras de vime que beiram o palco. São os fiéis, apaixonados, que dialogam com os artistas, assobiam para eles, aplaudem e sabem a hora de soltar o palavrão ou a observação escatológica que faz a casa inteira cair na gargalhada.

Há ocasiões em que o sucesso lhes sobe à cabeça e a situação descamba em confusão. De um balcão ao outro trocam-se, em saborosa gíria, diálogos pré-ensaiados, seguido de gritos e logo de mísseis, o que leva à pronta chegada dos agentes da lei... é bom que o artista fique esperando, com uma expressão neutra e conduta modesta, até o fim da brigalhada, se ele não quiser que mudem a trajetória das laranjas, dos programas enrolados em bolinhas e das moedinhas. A prudência também aconselha não continuar com a canção interrompida.

Porém, estes são, repito, confusões breves, escaramuças reservadas aos sábados e domingos. A ordem é muito bem mantida no Empyrée-Clichy, onde se sente o punho firme da Madame Diretora — a Patroa!

Morena e agitada, coberta de joias, a patroa tem, esta noite como todas as outras, o controle. Seus olhos brilhantes e ágeis tudo veem e os moços de limpeza não se arriscam a esquecer, pela manhã, a poeira nos cantos escuros. Esses olhos terríveis fulminam, neste momento, um autêntico, parrudo e notório *apache* que veio comprar o direito de ocupar, junto ao palco, uma das melhores poltronas, na primeira fila, aquelas onde se pode debruçar como um sapo, os braços sobre o balcão, o queixo sobre as mãos cruzadas.

A patroa lhe está passando uma descompostura, sem tumulto. Parece uma domadora!

— Toma seus quarenta e cinco mangos e se manda daqui!

— E por que isso, madame Barnet? E o que foi que eu fiz?

— Tá bom! "O que é que eu fiz?". Acha que ninguém te viu, sábado de noite? Era você que estava na poltrona 1 do balcão, não foi?

— Se a senhora está dizendo...

— Foi você que se levantou no meio da pantomima, não foi? Para dizer: "ela só mostrou um peito, quero ver os dois! Paguei dois paus, um para cada peito!".

O parrudo, todo corado, se defende, com uma mão sobre o coração.

— Eu? Eu? Ora, madame Barnet, eu sei me comportar, sei que isso não é coisa que se faça! Eu juro para a senhora que não fui eu que...

A rainha do Empyrée estica uma mão impiedosa.

— Não enrola! Eu te vi, não foi? É o que basta. Vai ficar sem lugar aqui até a outra semana. Toma seus quarenta e cinco mangos de volta! E que eu não tope com sua cara aqui antes do sábado e do domingo que vem! E se manda!

A saída do parrudo, exilado por oito dias, faz valer a pena eu ficar aqui por mais alguns minutos. Ele sai de fininho com seus sapatos de feltro sem ruído, curvado, e só quando chega na calçada é que põe de volta aquela cara de insolente. Mas ele não sente no coração, sua alegria é artificial e, por um tempo, não faz diferença entre essa besta perigosa e um menino que ficou sem a sobremesa...

Na escadaria de ferro, junto com o calor emanado pelo aquecedor, que fede a gesso, carvão e amoníaco, me surge abafada a voz de Jadin... A pequena patife! Ela está de volta com seu público do bairro! Nem precisa ouvir os rugidos de riso lá, a zorra com que a acompanham e a apoiam.

Essa voz de contralto quente e rascante, já afetada pelas farras e, talvez, por um princípio de tuberculose, vai direto para o seu coração — pelos caminhos mais baixos e pelos mais seguros. Se um diretor "artista, vivido" calhasse de passar por aqui e ouvisse Jadin, ele exclamaria:

— Vou levá-la! Vou lançar sua carreira e em três meses vocês vão ver o que eu consigo fazer!

Uma fracassada orgulhosa e amarga, é isso que ele faria... As experiências que houve nesse sentido não encorajam outros prospectos: onde é que ela brilharia mais que não aqui, a Jadin descabelada?

E eis ela aqui na escada, tal e qual do jeito que partiu, eu juro. Com seu vestido comprido demais com a barra amarfanhada pelos próprios saltos, com o xale à Maria Antonieta amarelado pela fumaça da sala, que mal consegue esconder a magreza do corpo jovem, com os ombros tortos e sua boca desbotada, o buço com um bigode de pó-de-arroz...

Sinto um verdadeiro prazer em rever essa menina destrambelhada; da parte dela, ela tropeça os últimos passos, cai nos meus braços e aperta minhas mãos com suas patas cálidas: o "cano" que elas nos deu fez com que, de alguma maneira, eu e ela ficássemos mais íntimas.

Ela me segue até meu camarim, onde arrisco uma bronca discreta:

— Jadin, isso é um absurdo, você sabe! Não se larga os outros assim!

— Tive que ir ver minha mãe, diz Jadin, na cara de pau.

Mas ela se vê mentir no espelho, e toda sua figura infantil desata a rir, ficando mais larga e com olhos apertados, como um gatinho angorá...

— Não acredita? Puxa, vocês devem ter morrido de tédio sem mim por aqui!

Ela irradia uma confiança orgulhosa, profundamente surpresa, que o Empyrée-Clichy não tenha fechado as portas por conta de sua ausência...

— Não mudei nada, não foi?... Oh, que lindas flores! Posso?

Sua mão ligeira de pequena ladra, acostumada a surrupiar laranjas das quitandas, agarrou uma grande rosa púrpura, antes mesmo que eu abrisse o envelope preso ao lado de um grande ramalhete, que me esperava sobre a mesa de maquiagem:

Maxime Dufferein-Chautel
com suas respeitosas homenagens

Dufferein-Chautel! Enfim, voltei a ver o nome do paspalho. Desde aquela noite, com preguiça de ir conferir o nome no guia *Tout-Paris*, o fiquei chamando de Thureau-Dangin, Dujardin-Beaumetz, ou Duguay-Trouin...

— *Isso* é que são flores!, diz Jadin enquanto me dispo. Foi seu namorado que mandou?

Protesto, com uma sinceridade inútil:

— Não, não! São de um sujeito que me agradece... por uma *soirée*...

— Que pena, decreta Jadin. — Essas são flores de um verdadeiro cavalheiro. O sujeito com quem dei uma escapada outro dia me mandou flores assim...

Eu caio na gargalhada: Jadin discorrendo sobre a qualidade das flores e dos "sujeitos" é irresistível... Ela fica toda vermelha por sob o pó-de-arroz e fica ofendida:

— É o quê? Então não acredita que era um cavalheiro? Vai lá e pergunta ao Canut, o chefe-operador, qual foi a grana que eu levei pra casa, ontem de noite depois que você foi embora!

— Quanto?

— Mil e seiscentos francos, queridinha. Canut viu, não é balela.

Será que eu fiz uma cara de muito impressionada? Duvido muito...

— E o que você vai fazer com isso, Jadin?

Ela puxa, com ar de avoada, os fios de seu vestido azul e branco:

— Com certeza não vão para a poupança. Paguei uma rodada para os operadores. E depois eu, digamos, "emprestei" cinquenta paus para Myriame para pagar o casaco de peles, e depois veio uma, e mais outra que repete, dizendo que estão duras... Sei lá!... Olha, lá vem o Bouty. Olá, Bouty!

— Olá, festeira!

Bouty, tendo constatado educadamente que um quimono cobria meu estado de nudez, empurra a porta do meu camarim e sacode a mão que Jadin lhe estende, repetindo "olá" com um gesto bruto mas um tom meigo... Porém, Jadin o esquece imediatamente e continua, às minhas costas e se dirigindo à minha imagem no espelho:

— Você entende, me faz mal ao coração *ter tanto dinheiro assim*!

— Mas... por que você não compra uns vestidos... um vestido que seja, para substituir esse daí?

Com o dorso da mão ela repuxa seu cabelo, liso e leve, que se desfia em mechas finas:

— Você acha? Acho que esse vestido aqui aguenta até a estreia da *Revista*! O que é que *eles* não vão dizer quando me virem saindo para comprar vestidos finos para trazer rapazes elegantes para cá?

Ela tem razão. *Eles* são o famoso público do quarteirão, exigente, ciumento, a quem ela engana um pouco e que a perdoa, desde que reapareça diante deles malamanhada, com o sapato roto, vestida em trapos — do jeito que ela estava antes da escapada, antes da falta...

Depois de uma pausa, Jadin retoma a fala, bem à vontade diante do silêncio constrangido de Bouty:

— Eu, vocês vão me compreender, comprei só o que mais precisava: um chapéu, umas luvas de pele e uma echarpe. Mas que chapéu! Um dia eu mostro a vocês... Até mais ver. Você fica, Bouty?... Bouty, estou rica, não sabe? Pago o que você quiser!
— Eu dispenso, obrigado.
Bouty se revela estranhamente frio e reprovador. Se eu dissesse em alto e bom som que ele ama Jadin, me cobriria de ridículo. Então me contento em apenas pensar.

O pequeno comediante foi embora um pouco depois, e fico sozinha com meu buquê de rosas, um grande buquê banal, amarrado com uma faixa verde clara... É mesmo o buquê de um "paspalhão", como o que meu admirador mandaria!
"Com as respeitosas homenagens"... Conheci, nesses três anos, um bocado de homenagens, se me permitem dizer, mas elas não tinham nada de respeitosas. Mas meu velho sentimento burguês, que está de vigia, se regozija em segredo, como se essas homenagens — mesmo as mascaradas de respeito — não quisessem todas a mesma coisa, e sempre a mesma coisa...

Na primeira fila das poltronas de orquestra, minha miopia não me impede de perceber, empertigado e sério — com seu cabelo negro que brilha como a seda de cartola — o caçula dos Dufferein-Chautel. Feliz por meu olhar de reconhecimento, ele segue com a cabeça meus movimentos, minhas idas e vindas sobre o palco, como minha cadelinha Fossette faz quando me visto para sair...

Os dias passam. Nada de novo na minha vida — além de um homem paciente que me faz tocaia.

Acabamos de passar pelo Natal e pelo Réveillon. A véspera de Natal, noite fervilhante, sacudiu toda a espelunca. A plateia, mais da metade bêbada, gritava em uníssono; os que estavam nas cadeiras de vime, no balcão, atiraram em direção aos da segunda galeria tangerinas e charutos de vinte e cinco francos; Jadin, meio "alta" desde o almoço, esqueceu a letra da canção e dançou uma horrível "barcarola", com a saia levantada mostrando meias furadas, uma grande mecha de cabelo lhe açoitando as costas... Foi uma bela *soirée*, com nossa patroa imperando em seu escritório, computando a receita real, de olho nas taças pegajosas que entulhavam as bandejas aparafusadas no encosto das poltronas...

Brague andava também meio bêbado desde o jantar, e estava borbulhante em uma fantasia lúbrica de bode negro. Sozinho no seu canto, improvisou um monólogo extraordinário e alucinado, em que se defendia de assombrações com uns "Oh, basta! Deixe-me em paz!", uns "Isso não! Isso não! Tá bom, mas uma vez só!", uns suspiros e reclamações de um homem supliciado por uma voluptuosidade diabólica...

Quanto a Bouty, todo torto por suas cãibras de enterite, bebericava seu leite azulado...

Em vez de ir a uma ceia de natal, fiquei comendo as belas uvas da serra que me trouxe meu velho amigo Hamond, em *tête-à-tête* com Fossette que roía bombons — os bombons enviados pelo Grande Paspalho. Zombando de mim mesma, lutei contra um amargor de autopiedade como se eu fosse uma criança a quem esqueceram de convidar...

E o que é que eu queria ter feito? Jantar com Brague, ou com Hamond, ou com Dufferein-Chautel? Deus me livre! Mas o quê? Não sou nem melhor nem pior que todo mundo, e tem horas que eu queria impedir todo mundo de se divertir enquanto estiver entediada...

Meus amigos, os de verdade, os fiéis, como Hamond, são todos — devo deixar claro — uns derrotados, uns infelizes irremediáveis. Será que é a "solidariedade na tristeza" que nos une? Acho que não.

Antes me parece que eu atraio e retenho os melancólicos, os solitários jurados à reclusão ou à vida errante — como eu... Somos farinha do mesmo saco.

Rumino esses pensamentos insanos na volta da minha visita a Margot.

Margot é a irmã mais nova de meu ex-marido. Ela sofre desde criança por ter esse nomezinho estranho, que não combina nada com ela. Vive sozinha e parece-se bastante — com seus cabelos grisalhos, cortados curtinhos, sua camisa com bordados russos e seu longo casaco negro — como uma Rosa Bonheur[3] niilista.

---

[3] *Pintora francesa do século XIX conhecida por agir e se vestir como homem.* [NE]

Espoliada por seu marido, explorada por seu irmão, roubada por seu advogado, desfalcada por seus empregados, Margot se encastelou em uma serenidade fúnebre, feita de gentileza incurável e desprezo silencioso. Um velho hábito exploratório das pessoas em seu entorno faz com que sua renda anual vá diminuindo aos poucos, e ela vai deixando, a não ser nas raras ocasiões em que ela tem um rompante de raiva e demite a cozinheira por surrupiar, na cara de pau, dez centavos.

— Tudo bem que me roubem, Margot exclamou — mas que tenham consideração!

A seguir, por longos dias, ela recolhe-se ao seu desprezo universal.

No tempo em que eu era casada, mal conheci Margot, sempre distante, doce e pouco loquaz. Reservada, nunca se mostrou aberta a confidências. Foi somente no dia em que minha ruptura com Adolphe mostrou-se definitiva que ela pôs para fora, de modo educado e firme, meu marido atônito, e nunca mais o viu. Foi então que entendi que tinha em Margot uma aliada, uma amiga e um apoio, já que é dela que vêm os trezentos francos mensais que me protegem da miséria.

— Fique com eles, vá, disse-me Margot. Você não faz nada de errado. Esses são os dez francos que Adolphe me surrupiava todos os dias!

Não seria, certamente, na casa de Margot que eu encontraria consolo, nem essa alegria higiênica que tantos me recomendam, como um regime. Porém, ao menos, Margot me ama a sua maneira, uma maneira desalentada e desalentadora, sempre prevendo para mim o pior dos fins:

— Você, minha filha, disse-me ela hoje mesmo. — Você vai ter sorte se não cair de novo no colo de um homem do tipo do Adolphe. Você foi feita para ser devorada, como eu. Sei o que digo. A gata escaldada volta à caldeira, ouça o que estou falando! Você é bem uma daquelas que não se contenta em ter passado por um só Adolphe.

— Mas, sério, Margot. Você é extraordinária. Sempre o mesmo inquérito!, repreendo-a, às risadas. — "Você é assim, você é assado, você é uma dessas mulheres que não sei quê..., você é uma dessas mulheres de quem...". Deixa eu cometer o pecado primeiro, e aí sim fica brava comigo!

Margot me encarou com aquele olhar que a faz parecer bem alta, que parece que a gente vai cair, de tão alto!

— Não estou brava com você, minha filha. E nem ficaria brava quando você pecasse, como disse. Eu só quero mesmo evitar que você cometa *a* besteira — porque só há *uma* besteira: recomeçar... Eu sei um pouco da vida... Além disso, ela acrescentou com um sorriso peculiar, eu mesma não tinha juízo!...

— Então, o que é que eu faço, Margot? Do que você me culpa nessa minha vida atual? Será que eu devo fazer que nem você e me enclausurar no temor de uma infelicidade ainda maior e não amar ninguém a não ser, como você faz, os cães *terriers* de pelo curto?

— Certamente não!, exclamou Margot com urgência infantil. Esses cãezinhos *terrier* são uns safados! Olha essa cadela, disse, mostrando-me uma cachorrinha ruiva, parecida com um esquilo tosquiado. — Uma besta que eu cuidei e velei durante quinze noites, quando teve bronquite. Quando eu me permito deixá-la sozinha, por uma hora, em casa, a crápula finge que não me conhece e late para meus calcanhares como se eu fosse uma mendiga!... E, tirando isso, minha filha, como você vai?

— Vou bem, Margot, obrigada.

— E a língua?... O branco dos olhos?... O pulso?...

Ela ergueu-me as pálpebras, apertou o pulso, de uma maneira segura e profissional, exatamente como se eu fosse um *terrier*. O que nós, Margot e eu, sabemos bem é o preço da saúde e a angústia de perdê-la. Viver sozinha, a gente se vira e se acostuma; mas ficar de cama sozinha e febril, tremer de esgotamento, tossir pela noite interminável, se arrastar até a janela com as pernas cambaleantes quando a chuva começa a bater no vidro só para voltar para um leito desarrumado e úmido — só, só, sozinha!...

Durante alguns dias, no ano passado, passei pelo horror de ser aquela que convalesce, vagamente delirante, com medo, em sua mente semi-lúcida, de morrer lentamente, longe de todos, esquecida... Depois, a exemplo de Margot, eu passei a me cuidar, fico atenta a meu intestino, a minha garganta, meu estômago, minha pele, com uma rigidez um pouco maníaca de proprietário cioso de seus bens.

Hoje penso sobre as estranhas palavras de Margot. Ela não tinha "juízo". E eu?

Meu juízo, meu senso. É verdade. Faz um bom tempo, parece, que não penso nele.

A "questão do juízo"... Margot parece achar que importa. Tanto a boa quanto a má literatura tentam me ensinar que todas as outras vozes ficam caladas quando fala a voz do juízo. Em quem devo acreditar?

Brague me disse uma vez, com tom de médico:

— Isso não é saudável, você sabe. Esse seu modo de vida!

E acrescentou, como Margot:

— De qualquer modo, vai acontecer contigo exatamente o que acontece com seus companheiros. Guarde o que te digo!

Não gosto de ficar pensando nisso. Brague gosta de ficar passando sermão e de bancar o profeta infalível... Não quer dizer nada... De qualquer modo, não gosto de ficar pensando nisso.

No *music hall*, eu entro, sem o menor pudor, nas conversas onde se discute "a questão do juízo" com precisão estatística e cirúrgica, nas quais tenho o mesmo interesse, alheio e respeitoso, que dedico a matérias no jornal sobre as mortes em uma epidemia na Ásia. Estou disposta a ficar apreensiva, mas prefiro permanecer semi-incrédula. Dá no mesmo, eu não gosto muito de pensar sobre isso...

E, além do mais, tem esse homem — o Grande Paspalho — que resolveu viver na minha sombra e seguir meus passos, com uma obstinação canina...

Encontro flores no meu camarim, Fossete recebe uma tigelinha de níquel para sua ração, três pequenos bichos-amuletos foram morar, focinho-a-focinho, em minha escrivaninha: um gato de ametista, um elefante de quartzo cinza e um sapo de turquesa... Um anel de jade, verde como uma perereca, prendia os cabos dos lírios verdes que me enviaram no dia 1º de janeiro... Na rua, eu cruzo, demasiadas vezes, com o mesmo Dufferein-Chautel, que me cumprimenta com uma surpresa muito mal fingida.

Ele me força a lembrar, demasiadas vezes, que o desejo existe, semideus imperioso, um fauno solto que saltita em torno do amor mas não obedece o amor — que estou sozinha, sã, ainda jovem e rejuvenescida por minha longa convalescência moral...

Bom senso? Sentidos? Sim, eu os tenho... Ou tinha, pelo menos, no tempo em que Adolphe Taillandy se dignava a se preocupar com eles. Sentidos tímidos, que seguiam uma rotina. Diria talvez "ordinários"? — felizes pelo carinho habitual que os satisfazia, temerosos de qualquer busca ou complicação libertina... que levava muito tempo para se inflamar e levava muito tempo para arrefecer — sentidos bem comportados, em suma.

A traição, a longa dor anestesiaram esses sentidos — até quando? Nos dias de contentamento, de alegria física, exclamo "para sempre!" a me sentir leve, ingênua, amputada daquilo que faz de mim uma mulher como as outras...

Mas há também os dias de lucidez, onde argumento duramente contra mim mesma: "toma cuidado! Fique de olhos sempre abertos! Todos que se aproximam são suspeitos, mas você não tem inimiga pior que você mesma! Não saia proclamando que você está morta, vazia, leve: a fera que você esquece está hibernando, seu longo sono só lhe deixa mais forte...".

Então eu perco uma vez mais a memória do que fui, com medo de voltar a ser *viva:* não aspiro a nada, arrependo-me de nada, até a próxima vez em que minha confiança estiver em cacos, até a inevitável crise em que assisto aterrorizada à chegada da tristeza, com suas mãos suaves e poderosas, guia e companheira de todas as volúpias...

Há alguns dias viemos ensaiando um novo número de pantomima, Brague e eu. Vai ter uma floresta, uma gruta, um velho troglodita, uma ninfa e um fauno na flor da idade.

O fauno é Brague, a ninfa da árvore serei eu — quanto ao velho troglodita, ainda não decidimos. Seu papel é episódico e, para desempenhá-lo, disse Brague, "tenho um patifezinho de dezoito anos entre meus alunos, ele será perfeitamente pré-histórico!".

Emprestaram-nos, de bom grado, o palco do Follies--Bergère, de manhã das dez às onze, para os ensaios. Despida de seus panos de cena, o palco profundo nos mostra seu piso nu... Que triste e cinzento quando chego, sem espartilho, uma malha em vez de blusa, com calças de veludo preto sob minha saia curta!...

Tenho inveja da capacidade de Brague de ser ele mesmo, sempre desperto, moreno, autoritário... Mal consigo lutar contra o frio, o torpor, contra o bafo dessa atmosfera ainda impregnada dos odores da noite, que fede ainda a humanidade e a ponche azedo... A pianola do ensaio soletra a música nova, minhas mãos agarram uma a outra e demoram a soltar, meu gesto é curto, próximo ao corpo, meus ombros sobem em calafrio, sinto--me medíocre, destrambelhada, perdida...

Brague, acostumado à minha inércia matinal, descobriu também o segredo para curá-la. Ele tagarela sem parar, girando em torno de mim como um cão caçando ratos, pródigo em curtos encorajamentos, de exclamações que me chicoteiam...

Da sala sobe uma bruma de poeira: é a hora em que os rapazes varrem para fora, com a lama seca do carpete, os restos da *soirée* anterior: papéis, caroços de cerejas, cotocos de cigarros, barro dos sapatos...

No terceiro plano — porque só nos emprestaram uma fatia do palco, uma passarela com uns dois metros de largura — uma trupe de acrobatas trabalha em seu tapete grosso: são uns belos alemães louros de rosto rosado, silenciosos e compenetrados. Vestem *collants* sórdidos e, durante os intervalos de seu número, seu repouso e seu passatempo são ainda mais exercícios — dois deles tentam, com risos sonolentos, alcançar um equilíbrio irrealizável... que conseguirão, talvez, no mês que vem. Ao fim da sessão, eles se dedicam, solenes, em torno da perigosa instrução do mais jovem da trupe, um menino com rosto de menina com longos cachos louros, que é lançado no ar e recolhido, em um pé só, por uma única mão, um serzinho aéreo que parece voar, seus cachos voando horizontalmente por trás dele, ou caídos feito uma labareda por sobre sua cabeça quando ele cai, os pés rentes e retos, os braços colados ao corpo.

— No compasso! grita Brague. — Atravessou de novo, nesse movimento! Isso é que é um ensaio de estourar a paciência! Onde você está com a cabeça agora?

É difícil, admito. Atrás de nós agora tem ginastas volteando, em três trapézios, trocando gritos agudos, de andorinha... O brilho niquelado dos trapézios de metal, o rangido das mãos untadas sobre as barras polidas, tudo isso exerce, ao meu redor, uma força elegante e sutil, esse desprezo metódico pelo perigo me exalta, me aquece, e por fim me atiça um estímulo contagiante... E é bem quando, que pena, nos mandam embora, quando começava a sentir em mim, como uma joia que voltou a ser engastada, a beleza do gesto que alcancei, a precisão de uma expressão de espanto ou de desejo...

Enfim animada, mas tarde demais, uso o resto do meu ardor voltando para casa a pé com Fossette, em quem os ensaios acumulam uma raiva silenciosa, que ela alivia depois, com os cães maiores que ela. Ela os aterroriza, como uma mímica genial, com uma única convulsão de sua máscara de dragão japonês, uma careta abominável que esbugalha seus olhos e enrola seus lábios babosos e exibe, no debruado vermelho-sangue, dentes brancos fincados em ângulo, como as estacas de uma cerca entortada pelo vento.

Criada no metiê, Fossette conhece o teatro do *music hall* melhor que eu mesma, trota pelos subsolos obscuros, mete-se pelos longos corredores, guiando-se pelo odor familiar da água de sabão, do pó-de-arroz e do amoníaco... Seu corpo lanoso está acostumado a ser abraçado por gente com a pele coberta de branco-pérola; ela aquiesce em comer os torrões de açúcar que os figurantes recuperam dos pires no café que fica abaixo. Cheia de caprichos, algumas vezes exige que eu a leve comigo à noite, outras vezes fica me olhando partir, enrolada como um turbante em sua manta, com o desprezo de uma dama que vive de rendas e tem todo o tempo do mundo para fazer a digestão.

— É sábado, Fossette! Vamos correr! Hamond vai acabar chegando antes da gente!

Corremos como duas loucas, em vez de pegar um táxi: é que o ar esta manhã traz uma surpreendente doçura de pré-primavera... E encontramos Hamond, bem quando ele chegava a minha casa branca, cor de manteiga esculpida.

Porém, Hamond não está sozinho: conversa na calçada com... Dufferein-Chautel caçula, de nome Maxime e alcunha "O Grande Paspalho"...

— Como assim? O senhor de novo!

Sem lhe dar o tempo de protestar, interrogo Hamond vigorosamente:

— O senhor conhece Monsieur Dufferein-Chautel?

— Sim, claro, diz Hamond calmamente. Você também, pelo visto. Só que eu o conheci quando era pequeno. Ainda tenho em alguma gaveta a foto de um rapazola com uma braçadeira branca, "lembrança da Primeira Comunhão de Maxime Dufferein-Chautel, 15 de maio de 18...".

— É verdade, exclama o Grande Paspalho. Foi mamãe que lhe mandou a foto, porque ela me achava lindo!

Não sorrio com eles. Não estou feliz por eles se conhecerem. E me sinto humilhada pela luz forte do meio-dia, com meu cabelo sem cachos sob a boina de pele, meu nariz luzidio que precisa de pó-de-arroz, a boca seca de sede e fome...

Escamoteio sob a saia minhas botas de ensaio, botas frouxas de amarrar com a pele de cordeiro gasta com estrias azuis, mas que se ajustam bem a meus tornozelos e que têm solas finas tão flexíveis quanto as sapatilhas de balé... Especialmente porque o Grande Paspalho me esquadrinha com os olhos como se nunca tivesse me visto.

Reprimo um impulso infantil de chorar, perguntando, como se estivesse prestes a mordê-lo:

— O que é que foi? Tem sujeira no meu nariz?

Ele não se apressa em responder:

— Não... é que... é bizarro... quando a gente só a vê à noite, nunca diria que tivesse olhos cinzas... eles parecem castanhos no palco.

— Eu sei, já me disseram isso. Hamond, nossas omeletes vão esfriar. Adeus, senhor.

Tampouco eu, na verdade, o havia visto à luz do dia. Seus olhos escuros não são negros como eu havia pensado, mas de um castanho um pouco vivo, como o dos pastores-alemães.

Eles não acabam de apertar as mãos! E Fossette, essa vadiazinha que diz "tenha um bom dia, Monsieur" com um sorriso de orelha a orelha, como um ogro! E o Grande Paspalho que, só por eu ter mencionado omeletes, faz uma cara de cachorro diante do açougue! Como se lá eu o fosse convidar!

Estou, injustamente, contrariada com Hamond. E é em silêncio que eu apresso minha lavagem superficial das mãos, antes de me reunir com meu velho amigo no escritório onde Blandine põe a mesa. Porque eu suprimi, de uma vez por todas, aquele cômodo triste e inútil que chamamos de "sala de jantar" e que habitamos uma única hora por dia. É preciso dizer que Blandine dorme no apartamento e que um cômodo extra seria caro demais para mim...

— Ha ha, então você conhece Maxime!, exclama Hamond, desdobrando o guardanapo.

Estava esperando por isso!

— Eu? Eu não conheço nada! Fiz uma apresentação particular na casa de seu irmão, onde o encontrei. Só isso.

Eu omito — por quê? — o primeiro encontro, quando o Grande Paspalho invadiu, todo animado, meu camarim...

— Ele te conhece. E te admira bastante. Eu diria até que ele está apaixonado por você!

Tão sutil o Hamond! Eu o encaro com aquele sentimento felino, hilariante e esguio, que a ingenuidade dos homens nos inspira...

— Ele sabe que você adora rosas e bombons de pistache. Ele encomendou uma coleira para Fossette...

Estou furiosa.

— Ele encomendou uma coleira para Fossette!... E eu com isso? Digo, rindo. Fossette é uma criatura sem moral: é bem capaz dela aceitar!

— Conversamos a seu respeito, naturalmente... eu achava que vocês eram bons amigos.

— Oh, se fossemos, você já saberia, Hamond.

Meu velho amigo baixa os olhos, lisonjeado por seu ciúme amigável.

— Trata-se de um bom rapaz, eu lhe asseguro.

— De quem você está falando?

— De Maxime. Conheci sua mãe, que é viúva... Veja, ele deve ter uns trinta... não, trinta e cinco...

E o que posso fazer? Só me resta ouvir a história completa dos Dufferein-Chautels, mãe e filho... uma senhora notável, que toma conta de tudo... serrarias nas florestas de Ardenas... hectares de florestas... Maxime, um tanto preguiçoso... o mais jovem e mais mimado dos filhos... muito mais inteligente do que parece... trinta e três anos e meio...

— Olha, que nem eu.

Hamond se inclina para mim, por cima da mesinha, com a atenção de um pintor de miniaturas:

— Você está com trinta e três, Renée?

— Infelizmente.

— Não diga. Ninguém diria...

— Ah, eu sei muito bem que no palco...

— Na rua também não.

Hamond não alonga muito o elogio e continua a história dos Dufferein-Chautels. Fico chupando as uvas, descontente. O Grande Paspalho vai se insinuando na minha vida muito além do que eu permitiria. A essa hora, estaríamos, como de costume, remoendo as velhas e más lembranças, que revivem a cada semana no aroma amargo de nossas taças fumegantes.

Pobre Hamond! É por mim que ele sacrifica o hábito fúnebre que ele tanto ama. Estou bem ciente que minha solidão o assusta: se ele tivesse coragem, me diria, como um intermediário paternal:

— Eis o amante de que você tanto precisa, minha querida! Boa saúde, não joga, não bebe, rico o suficiente... Você vai me agradecer mais tarde!

Faltam só quatro dias e deixarei para trás o Empyrée-Clichy.

Cada vez que termino uma temporada um pouco mais longa no café-concerto, experimento, nos últimos dias, a bizarra sensação de uma liberdade que não havia desejado. Feliz por estar livre, por viver só comigo à noite, uma felicidade no entanto que demoro a desfrutar e, quando estico os braços em um "até que enfim!", falta espontaneidade ao gesto.

Porém, desta vez, acho que estou sinceramente usufruindo e, sentada no camarim de Brague, vou enumerando para meu camarada as tarefas urgentes que vão ocupar minhas férias:

— Você sabe, eu tenho que mandar estofar todas as almofadas do divã. Depois vou empurrar o divã até o canto e meter uma lâmpada em cima...

— Bacana! Vai ficar igual a um bordel, diz Brague com um tom grave.

— Deixa de ser besta!... Além do mais, tenho uma porção de coisas a fazer. Faz tanto tempo que não consigo dar atenção a minha casa.

— Ah, claro, concorda Brague, sem rir. E posso saber para quem é tudo isso?

— Como assim para quem? Para mim, é claro.

Por um instante Brague desvia do espelho e me mostra um rosto onde o olho direito, o único pintado de azul, parece ter levado um soco formidável:

— Para você? Só para você?... Desculpa, mas acho isso um tanto... besta! E mais: não vá achando que vou deixar o *Emprise* encostado. Pode ir se preparando para uma turnê pelos mais distintos estabelecimentos do interior e do exterior... Além do mais, Salomon, o agente, já mandou dizer que eu desse uma passada no escritório.

— Ah, mas já?

Brague, peremptório, dá de ombros.

— Sim, sim, conheço bem esse seu "ah, mas já". E sei que se eu dissesse que não tenho nada em vista, você ia ficar buzinando no meu ouvido como um mosquito "quando a gente vai?". Vocês mulheres são todas iguais.

— Também acho! Aprova uma voz melancólica às nossas costas — é a voz de Bouty.

Ele está ainda mais magro do que no mês passado e "fica esgotado" com cada vez mais frequência. Olho para ele de soslaio, para não magoar seus sentimentos, mas o que mais se pode detectar sob aquela maquiagem vermelha com olhos rodeados de branco?... Em silêncio, ouvimos a voz de Jadin no andar de cima:

Ei, Margaridinha, venha de lá você
Que eu quero te meter... No meio do buquê!

O compositor da *Valsa da Margaridinha*, profissional experiente e gabaritado, inseriu, habilidosamente, uma pausa entre os dois últimos versos...

— Então daqui a quatro dias a gente mete o pé na estrada? Perguntou bruscamente o pequeno comediante, erguendo a cabeça.

— Sim, em quatro dias... eu bem que gostaria de ficar por aqui, no sossego.

— Ah, tanto sossego! Protesta Bouty, com ar cético. Tem lugares ainda mais sossegados. Vai ser fácil achar um lugar melhor. Não que eu tenha nada contra nosso público, mas aqui é um tanto canalha... Eu bem sei, diz ele, em resposta a meu gesto de indiferença, que as pessoas podem se comportar, não é questão do lugar, mas assim mesmo... Olha! Está ouvindo os gritos? Consegue imaginar que uma mulher, digo, uma jovem tonta que só pensa em festas e risadas, vai adquirir o hábito de se comportar bem num lugar como esse?... Quero dizer uma doida espevitada como Jadin, por exemplo...

Ah, pobre pequeno Bouty, em quem o amor despertou uma súbita aristocracia e desprezo por esse público que o aplaude. Estás procurando uma desculpa, e inventou, por conta própria, a teoria da influência do meio... uma teoria na qual não consigo acreditar!...

Os dançarinos russos se foram, o "Grão Duque" Antoniev e seus cães se foram. Para onde? Não se sabe. Nenhum de nós teve a curiosidade de se informar. Outros números vieram tomar o lugar deles, alguns contratados por uma semana, outros só por quatro dias, porque a *Revista* vai começar em breve. Cruzo, nos bastidores e pelos corredores, com novos rostos, com quem troco um mínimo sorriso ou um erguer de sobrancelhas, à guisa de cumprimento amigável e discreto...

Do antigo programa restaram apenas nós, além de Jadin, que vai criar — meu Deus! — papéis para a *Revista* e Bouty... À noite, conversamos melancolicamente, como os veteranos do Empyrée-Clichy esquecidos pelos jovens regimentos...

Onde será que voltarei a encontrar aqueles que aqui conheci? Em Paris, Lion, Viena ou Berlim?... Talvez nunca, talvez em lugar nenhum. O escritório de Salomon, o agente, nos reunirá por cinco minutos, com brados amigáveis e apertos de mão cabotinos, só o tempo de saber que nós existimos, de lançar o "como vão as coisas?", de aprender que elas "vão indo" ou que "poderiam estar melhores".

"As coisas poderiam estar melhores"... É sob essa paráfrase vaga que eles, meus colegas errantes, disfarçam o fracasso, a parada forçada, os apertos com dinheiro, a miséria... Nunca dando o braço a torcer, sustentados por essa vaidade heroica que me faz querê-los bem.

Alguns deles, quando colocados contra a parede, aceitam um papel pequeno em uma peça de *verdade* porém, por mais estranho que seja, não se gabam sobre isso. Aguardam, pacientes, obscuros, a volta da sorte grande, um contrato com um *music hall*, a hora benigna que os encontrará de novo dentro da saia de lantejoulas ou do fraque que cheira a benzina, encarando de novo o halo do projetor, atuando no *repertório deles*!

"As coisas poderiam estar melhores", me dizem alguns deles, acrescentando:

— Voltei pro cinema.

O cinema, que ameaçou arruinar os humildes artistas de café-concerto agora salva suas peles. Eles se desdobram em uma labuta anônima e sem glória, da qual não gostam, que perturba seus hábitos, muda seus horários de comer, descansar e trabalhar. Centenas vivem disso em tempos de desemprego; muitos fazem carreira. Mas quando os estúdios ficam entupidos de figurantes e de vedetes, o que se pode fazer?

"Poderiam estar melhores... as coisas poderiam estar melhores...".

Lançamos a frase com um ar tanto blasé quanto sério, sem insistir, sem lamuriar, a mão sacudindo o chapéu ou um par de velhas luvas. Dizemos bravatas, a cintura apertada em um sobretudo comprido na penúltima-moda — porque o essencial, o indispensável, não é ter um terno limpo, é ter um sobretudo "quase lá" que cobre tudo: o colete puído, o *blazer* disforme e as calças amareladas no joelho — um sobretudo para dar na vista, impactante, que cause uma boa impressão no diretor ou no agente, que permita, enfim, que digam desbragadamente, como se tivessem por acaso outra renda, que "as coisas poderiam estar melhores"!

Onde estaremos nós, no mês que vem?... À noite, Bouty espreita, desamparado, pelos corredores dos camarins, tossindo, até que entreabro minha porta para convidá-lo a sentar por um instante. Ele encaixa seus quadris de cachorro magro em uma frágil cadeira, cuja pintura branca está descascando, e retrai seus pés sobre si para não perturbar meus movimentos. Brague vem se reunir a nós, e se agacha como um cigano, com o traseiro quente, colado ao aquecedor. De pé, entre os dois, termino de me vestir e minha saia vermelha, bordada de padrões amarelos, os abana de passagem... Não temos vontade de falar, mas tagarelamos, lutando contra uma surda necessidade de nos calarmos, e de nos abraçarmos, emocionados...

É Brague quem melhor conserva sua atividade curiosa e lúcida, seu apetite empreendedor pelo amanhã. Quanto a mim, o amanhã, tanto faz se é aqui ou se é lá... Meu gosto recente — adquirido, um pouco artificial — por deslocamentos e viagens faz uma boa mistura com meu fatalismo pequeno-burguês, aterrado e tranquilo. Agora sou cigana, sim, e as turnês me levaram de cidade em cidade — porém sou cigana organizada que cuida ela mesma de manter sua trouxa costurada e escovada — cigana que leva consigo quase sempre sua modesta fortuna — mas em um saquinho de pele de gamo, os tostões de um lado, as pratas de outro, o ouro escondido metodicamente em um bolsinho secreto...

Vagabunda sim, que seja, mas que se resigna a andar em círculo, como estes aqui, meus companheiros, meus irmãos... As despedidas me entristecem e enebriam, na verdade, e uma parte de mim fica sempre suspensa acima de tudo o que atravesso — novas paisagens, céus claros ou sombrios, mares sob a chuva cor de pérola gris —, pendura-se com tanta paixão que parece que deixo para trás milhares e milhares de pequenos fantasmas que se parecem comigo, flutuando sobre as ondas, aninhando-se nas folhagens, espargidas entre as nuvens... Mas não é que o último dos fantasminhas, o que mais se parece comigo, permanece sentado na poltrona, sonhador e sábio, enganchado em um livro que esquece de ler?

: SEGUNDA PARTE

— Que belo cantinho íntimo! E como é difícil compreender a tua existência no *music hall* quando te vejo aqui, entre esse abajur rosa e esse vaso de cravos...

Eis o que disse, quando estava de partida, meu pretendente, a primeira vez que veio jantar comigo, com Hamond, o intermediário.

Sim, eu tenho um pretendente. Não encontro outro nome para lhe dar que não seja esse, antiquado: pretendente. Ele não é nem meu amante, nem meu caso, nem meu gigolô... ele é meu pretendente.

"Que belo cantinho íntimo!"... Essa noite, às suas costas, eu ri amargamente... Um abajur, um vaso de cristal onde a água cintila, uma poltrona ao lado da mesa, um sofá puído escondido por uma metódica desordem de almofadas — e alguém de passagem, tonto e superficial, pode imaginar, entre as paredes verde-pálidas, uma vida de retiro, pensativa e estudiosa de uma mulher superior... Ha, ha! Ele não viu o tinteiro empoeirado, nem a caneta seca, nem o livro com as páginas ainda a cortar sobre a caixa vazia de papéis de carta...

Um ramo de azevinho se retorce, como se caído ao fogo, na borda de um vaso de cerâmica... O vidro na moldura de um pequeno pastel (um esboço de Adolphe Taillandy), partido, espera em vão ser trocado. Minha mão negligente pendurou, depois esqueceu, uma tira de papel em torno da lâmpada elétrica que ilumina a lareira... Uma pilha de quinhentos cartões postais — cenas do *Emprise* — em suas cintas de papel cinza, cobrem uma peça de marfim esculpido do século XV, com risco de soterrá-la.

Tudo isso tem um ar de indiferença, de abandono, de "para que isso serve?", quase de partida... "Íntimo"? Que intimidade se aninha, à noite, em torno da lâmpada que o abajur esvanece?

Eu ri, e suspirei de cansaço depois que meus convidados se foram, e minha noite foi longa, irritada por uma obscura sensação de vergonha nascida da própria admiração do Grande Paspalho. Nessa noite, sua fé ingênua de homem apaixonado jogou luz sobre mim mesma, como ocorre com alguns espelhos com que nos deparamos sem esperar ao virar uma esquina ou subir uma escadaria, revelando subitamente certos defeitos, certas dobras no rosto ou na silhueta...

Mas, desde então, outras noites se passaram, trazendo Hamond com meu pretendente, ou meu pretendente sem Hamond... Meu velho amigo fez, conscientemente, o que ele chama de "seu trabalho sujo". Algumas vezes ele preside, com a elegância de um velho estadista, as visitas de seu pupilo que, sem ele — digo com toda a sinceridade — seriam demais para mim. Algumas vezes ele se recolhe — mas não por muito tempo! — se faz esperar — pelo tempo exato! — gastando comigo aquela velha diplomacia que estava nele enferrujada...

Eu não me enfeito para eles, e não deixo de lado a blusa plissada, nem a saia reta e escura. Na frente dele eu me permito "perder a pose" — a boca cansada e fechada, meus olhos intencionalmente opacos, — oponho à teimosia de meu pretendente uma atitude passiva de moça forçada a casar contra a vontade... Meu único cuidado, mais para mim do que para eles, vai para o ambiente, enganador e espartano, no qual habito por tão pouco tempo; Blandine por fim aceitou espanar a poeira das quinas do estúdio e as almofadas da poltrona ao lado da mesa ainda guardam a marca do meu repouso...

Tenho um pretendente. Por que logo esse daí e não outro? Não sei de nada. Encaro, atônita, este homem que conseguiu penetrar no meu lar. Nossa, e como ele o quis! Contou com a ajuda da sorte e o auxílio de Hamond. Um dia, estava eu sozinha em casa, abri a porta depois que a campainha soou timidamente: como poderia mandar embora aquele indivíduo que aguardava desengonçado, os braços carregados de rosas, ao lado de Hamond, que me lançava um olhar de súplica em seu favor? Ele conseguiu penetrar aqui — o que ia acabar acontecendo, sem dúvida...

Eu aprendo sobre essa figura a cada vez que ele volta, como se nunca o tivesse visto antes. Tem, de cada lado do nariz, uma ruga já bem marcada, que se perde sob o bigode, tem os lábios rubros, mas de um vermelho um tanto castanho, como costuma acontecer com gente muito morena. Seus cabelos, sobrancelhas, cílios, tudo é negro como o diabo e foi preciso um raio de sol bem forte para eu aprender que, sob todo aquele negro, meu pretendente tem um par de olhos cinza-avermelhados, bem profundos...

De pé, é realmente um Grande Paspalho, duro, troncho, ossudo. Sentado, ou semi-reclinado no divã, ele parece logo afrouxar e desfrutar do charme de ser outro homem, preguiçoso, relaxado, com gestos felizes, um recostar desocupado da nuca contra as almofadas...

Quando sei que não está mais me vendo, eu o observo, vagamente chocada de pensar que não o conheço nem um pouco e que a presença de tal rapaz em minha casa é tão insólita quanto a de um piano na cozinha.

Como pode ser que ele, tão apaixonado por mim, não se importe em saber tão pouco sobre quem eu sou? Ele visivelmente parece não sentir a necessidade e parece ter a intenção de ganhar minha confiança, para depois me conquistar. Ele aprendeu rapidamente — a conselho de Hamond, eu aposto! — a esconder seu desejo e a adoçar seu olhar e sua voz quando fala comigo, astuto como uma fera, de esquecer que me cobiça. Tampouco mostra o apetite de me descobrir, de me inquirir, de me adivinhar, e eu o flagro mais atento ao jogo da luz sobre meus cabelos que àquilo que estou falando...

Que estranho isso!... Aqui está ele, junto a mim, sentado — o mesmo raio de sol deslizando por sua bochecha e pela minha, e se as narinas deste homem parecem rubras, as minhas devem ter o tom vivo de coral... Ele não está aqui, está em outros mil lugares! A todo momento, tenho ganas de me levantar e dizer: "por que é que você está aqui? Vá embora!" e não faço nada.

Será que ele pensa? Lê? Trabalha?... Creio que ele faz parte dessa categoria, numerosa e meio banal, de gente que se interessa por tudo e não faz nada. Nada esperto, uma certa rapidez de compreensão, um vocabulário adequado enriquecido por uma bela voz intensa, esse riso fácil, essa alegria infantil que podemos observar em tantos homens: eis o meu pretendente.

Para ser perfeitamente franca, mencionemos o que me agrada mais nele: um olhar por vezes ausente, vasculhador, essa espécie de sorriso interno dos olhos, que encontramos nas pessoas mais sensíveis, sejam violentas ou tímidas.

É viajado, mas como todo mundo: nem foi para muito longe, nem foi muitas vezes. Leu o que todo mundo leu, ele conhece "muitas pessoas" e não chega a nomear, tirando seu irmão mais velho, mais do que três amigos íntimos — e eu o perdoo por toda essa mediocridade em favor de uma simplicidade que nada tem de humilde e porque ele não encontra nada a dizer sobre si mesmo.

Seu olhar raramente encontra o meu, que desvio. Não consigo esquecer a razão de sua presença e de sua paciência. E, no entanto, que diferença entre o homem que está sentado no divã e o animal mesquinho, com desejos selvagens, que forçou a porta do meu camarim! Não lhe dou nenhuma indicação de que me lembro bem do nosso primeiro encontro, mesmo porque converso muito pouco com o Grande Paspalho. Sempre que ele tenta, eu respondo brevemente, ou dirijo a Hamond a resposta destinada a meu pretendente... Esta maneira indireta de conversar dá a nossos encontros uma lentidão e uma falsa alegria indescritíveis.

Sigo ensaiando a nova pantomima, com Brague. Algumas vezes o Folies-Bergère nos dá abrigo pela manhã, outras vezes é o Empyrée-Clichy que nos empresta seu palco por uma hora; também perambulamos pela Brasserie Gambrinus, acostumados aos gritos dos artistas da tourné Baret, e pela sala de dança Cernuschi.

— As coisas vão indo... diz Brague, sempre econômico nos elogios, aos outros e para si também.

O Velho Troglodita também ensaia conosco: é um garoto de uns dezoito anos, morto de fome, que Brague sacode, atordoa, agonia com injúrias, a ponto de me deixar com pena:

— Está pegando muito pesado com ele, Brague. Ele vai chorar!

— Se chorar vai levar um pontapé na bunda! Lágrimas não fazem o trabalho!

Pode ser que ele tenha razão. O Velho Troglodita seca as lágrimas, tenta erguer suas costas pré-históricas e vai se ocupar de uma Ninfa que está fazendo birra em seu suéter de tricô branco...

Em uma manhã da semana passada, Brague se deu ao trabalho de vir pessoalmente me avisar que o ensaio do dia seguinte não aconteceria. Ele acabou nos encontrando, Hamond, Dufferein-Chautel e eu, terminando o almoço.

Tive que convidar Brague a entrar por uns minutos, ofereci-lhe café e o apresentei a meus convidados... E notei os olhinhos negros e brilhantes de Brague furtivamente pousarem sobre meu pretendente, com curiosa satisfação, uma espécie de segurança que me incomodou tolamente...

Quando o levei à porta, meu camarada não me perguntou nada, não se permitiu nenhuma alusão familiar, e meu constrangimento ficou ainda maior. Recuei diante do ridículo de explicar "sabe, é um camarada... é um amigo do Hamond que veio almoçar...".

Fossette usa agora uma coleira de couro vermelho com detalhes dourados, de um estilo esportivo e deplorável. Não tive coragem de dizer que a acho feia... Ela fica cortejando — maldita femeazinha servil — o senhor bem vestido que tem cheiro de macheza e tabaco, que lhe dá tapinhas às costas à guisa de carinho...

Blandine se multiplica, lustrando os vidros, levando — sem que ninguém lhe peça! — a bandeja de chá quando meu pretendente está em casa...

Todos, seguindo o exemplo de meu velho amigo Hamond, parecem conspirar contra mim em favor de Maxime Dufferein-Chautel... Que pena! Custa-me tão pouco permanecer invulnerável...

Invulnerável e mais que insensível: refratária. Porque quando dou a mão a meu pretendente, o toque de sua mão comprida, quente e seca, me desagrada. Não consigo roçar, sem ter um arrepio nervoso, o tecido de seu casaco, e é involuntariamente que desvio o nariz quando ele fala, mesmo que seu hálito seja saudável... eu jamais consentiria em dar nó em sua gravata e prefiro sempre beber do copo de Hamond do que do dele... Por quê?

É que... esse menino *é um homem*. Tento evitar mas lembro sempre que ele é *um homem*. Hamond não é um homem, é um amigo. E Brague, ele é um camarada; Bouty também. Os esbeltos e musculosos acrobatas que revelam, sob seu maiô nacarado, as particularidades mais lisonjeiras de sua anatomia... Bem, esses são acrobatas!

Será que nunca me ocorreu que Brague — que me aperta tão forte no *Emprise*, que me machuca as costas, e que parece me amassar a boca sob um beijo fogoso — teria um sexo?... Não. Bem, basta o mais leve olhar do meu pretendente, ou seu aperto de mão mais adequado, para me fazer lembrar o porquê dele estar lá, e o que ele espera... Que belo passatempo para uma *coquette!* Que belo flerte esse, irritante e convencido!

O chato é que eu não sei como flertar. Falta-me aptidão, falta-me experiência, falta-me leveza e, acima de tudo — bem acima! — há a lembrança de meu marido!

Se evoco por um instante Adolphe Taillandy em suas ocupações — quero dizer: urdindo, com a astúcia do obstinado caçador que conhecemos, a sedução de uma mulher ou de uma jovem — já fico fria, retraída, hostil às "coisas do amor"... Volto a ver muito bem sua figura de conquistador, o olhar dissimulado, a boca infantil e manhosa, e essa afetação de dilatar as narinas como se cheirasse um perfume... Argh! Todas essas manobras, essa maquinação toda em torno do amor — em torno de um objetivo que nem pode ser chamado de amor — tenho lá eu que gostar disso, tenho lá eu que imitar? Pobre Dufferein-Chautel, às vezes me parece que é você quem está sendo enganado aqui e que eu deveria te dizer... te dizer o quê? Que eu me tornei uma velha donzela, imune às tentações, e enclausurada, do meu jeito, entre as quatro paredes de um camarim de *music hall*?

Não, não vou te dizer isso, mesmo porque só sabemos trocar, como na décima lição da Escola Berlitz, as frases elementares onde as palavras "pão", "sal", "janela", "temperatura", "teatro", "família" ocupam bastante espaço...

Você é um *homem*, pior para você! Todos na minha casa parecem me fazer lembrar disso e não como eu lembro, mas para felicitá-lo. Desde Blandine, que o contempla com um ar de satisfação incansável, até Fossette cujo amplo sorriso canino diz, da mesma forma: "Até que enfim, um homem na casa — um HOMEM!".

Não sei como te falar, pobre Dufferein-Chautel. Hesito entre *meu* jeito de falar, um tanto entrecortado, que não se digna a terminar todas as frases, mas que cultiva a precisão de um termo técnico — minha linguagem de ex-"mulher letrada"[4] — e o idioma frouxo e animado, grosseiro, colorido, que se aprende no *music hall*, ornado por "Qualé!", "Cala o bico!", "Tô fora!" e "Tô nem aí!"...

De tanto hesitar, acabo escolhendo o silêncio...

---

4   *No original,* bas-bleu *("meias azuis"), expressão pejorativa do século XIX contra as mulheres que escrevessem ou apreciassem a literatura.* [NE]

— Caro Hamond, estou muito contente de almoçar contigo hoje! Não tem ensaio hoje, faz sol, e você... Que bom!

Meu velho amigo, que sofre de reumatismos lancinantes, me sorri, lisonjeado. Nesse momento está muito magro, parece envelhecido, leve, muito alto, o nariz desencarnado e adunco — está a cara do Cavaleiro da Triste Figura...

— No entanto já tivemos o prazer de almoçar juntos esta semana. Sua ternura irradia minha velha carcaça, Renée!

— Exato, sinto-me radiante! Hoje faz um dia lindo, estou alegre e... estamos só nós dois!

— O que quer dizer?

— Que o Grande Paspalho não está aqui — você adivinhou!

Hamond revira seu rosto melancólico:

— Decididamente, trata-se de aversão!

— Nem isso, Hamond, nem isso! Trata-se de... de nada! E, olhe, faz muitos dias que venho pensando em ser franca contigo: eu justamente não consigo achar em mim nem a sombra de um sentimento por Dufferein-Chautel... tirando talvez a desconfiança.

— Já é alguma coisa.

— Não tenho sequer uma opinião a respeito dele.
— Posso te dar a minha, com prazer. Este homem honesto não tem história.
— Não muita!
— "Não muita"? Já é provocação! Você nunca o encorajou a contar sua história.
— E nem precisava. Imagina o sujeito, com sua mãozona sobre seu grande coração: "Não sou um homem como os outros..." É o que ele me diria, não é? Os homens dizem sempre a mesma coisa que as mulheres, nessas horas.

Hamond me cobre com seu olhar irônico:
— Gosto muito de você, Renée, quando você faz afirmações baseadas em uma experiência que — felizmente — não teve. "Os homens fazem assim... os homens dizem assado...". De onde você tira tanta certeza? Os homens? Os homens! E você conheceu muitos deles?
— Somente um. Mas *que* um!...
— Justamente. Você não estaria acusando Maxime de fazê-la lembrar de Taillandy?
— Meu Deus, não! Ele não me faz lembrar de nada. Nada, estou dizendo! Ele não é lá muito espirituoso...
— Os apaixonados são sempre um pouco idiotas. Eu era assim quando amava Jeanne...
— E eu então, quando amava Adolphe! Mas aquilo era idiotia consciente, quase voluptuosa. Você bem se lembra daquelas noites em que Adolphe e eu éramos convidados para os jantares e que eu ficava com uma cara de pobrezinha, minha "cara de moça casada sem dote", como dizia Margot? Meu marido fazia discursos, sorria, pontificava, brilhava... Só havia olhos para ele.

Se alguém me olhava por um instante, era para se apiedar dele, acho. Faziam-me compreender bem que, sem ele, eu nem existiria...

— Oh, vamos lá... está exagerando um pouco...

— Nada, Hamond! Nem discuta comigo! Eu dedicava-me de todo coração a desaparecer o máximo possível. Eu o amava tão imbecilmente!

— E quanto a mim! Disse Hamond, agitando-se. Lembra-se de quando minha bonequinha Jeanne dava opinião sobre meus quadros? "Henri nasceu assim: esforçado e fora de moda", ela declarava. E eu não dava um pio!

Nós rimos, ficamos contentes, rejuvenescemos ao remoer lembranças humilhantes e amargas... Por que é que meu velho amigo tinha que estragar esse sábado em que cumprimos todas as nossas tradições ao trazer de volta o nome de Dufferein-Chautel?

Faço uma cara de enfado:

— De novo! Me deixa em paz um pouco longe desse tal senhor, Hamond! O que é que eu sei dele?! Que é limpo, que foi criado corretamente, que tem afeto por cães bulldogs e que fuma cigarros. Que, além disso tudo, que ele esteja apaixonado por mim, não é lá — modéstia à parte — nada excepcional.

— Mas você faz o possível para não ter que conhecê-lo!

— É meu direito.

Hamond se irrita e estala a língua, reprovando:

— É seu direito. É seu direito... Você discute como uma criança, cara amiga, posso te garantir!...

Puxo minha mão que ele segurava e falo rápido, sem dar por mim:

— Você me garante o quê? Que ele é um investimento seguro? O que você quer enfim? Que eu me deite com esse senhor?

— Renée!

— Bem, é melhor dizer logo! Você quer que eu me faça como todo mundo? Que me decida? Esse aí ou um outro, por fim!... Quer perturbar a paz que reconquistei, orientar minha vida em direção a uma outra preocupação que não seja a — difícil, revigorante, natural — de garantir a mim mesma a minha subsistência? Ou está me aconselhando um amante, por questões de higiene, como um purgante? E para quê isso? Eu estou bem e, graças a Deus!, não amo, não amo e não amarei ninguém, ninguém, ninguém!

Isso eu gritei tão alto que me calei subitamente, confusa. Hamond, menos emocionado que eu, me concede o tempo de me repor, enquanto meu sangue, que subiu até minhas bochechas, volta a descer lentamente até meu coração...

— Não vai mais amar ninguém? Meu Deus, talvez seja verdade. E isso será a maior das tristezas... Você, jovem e forte, e afetuosa... sim, a maior das tristezas...

Indignada, à beira das lágrimas, contemplo o amigo que me ousa falar assim:

— Oh, Hamond!... Logo você, você que me diz isso? Depois de tudo que aconteceu contigo... conosco, você ainda espera amar?

Hamond desvia o olhar, fixa na janela luminosa seus belos olhos de cão, tão jovens em sua figura envelhecida, e responde vagamente...

— Sim, sou muito feliz do jeito que estou, é verdade. Mas chegar a declarar "nunca mais vou amar ninguém", eu juro, nunca ousaria...

A estranha resposta de Hamond secou nossa conversa, porque não gosto de falar sobre amor... a mais intencional das maldades não me faz medo, mas não gosto de falar sobre amor... Se tivesse perdido um filho amado, acho que não conseguiria nunca mais pronunciar seu nome.

— Venha essa noite comer no Olympe, disse-me Brague durante o ensaio. Depois vamos dizer boa noite aos companheiros da *Revista*, no "Emp'-Clich'".

Não tem como confundir: esse não é um *convite* para ir jantar; nós somos dois *camaradas* e o protocolo — sim, há um! — da camaradagem entre os artistas proíbe qualquer ambiguidade.

Volto a encontrar então Brague, à noite, no L'Olymp's-Bar, de má fama. Má fama? Estou nem aí! Livre de ter que me preocupar com minha reputação, atravesso, sem apreensões mas também sem prazer, os umbrais deste restaurantezinho de Montmartre, silencioso de sete às dez, trepidante pelo resto da noite com uma barulheira "muito chique", de gritos, de louças e de violões. Eu costumava jantar lá, rapidamente, sozinha ou com Brague, no mês anterior, antes de chegar ao Empyrée-Clichy.

Uma garçonete do interior, calma e lenta entre os pedidos dos clientes, serve-nos o porco salgado com repolho, uma massa saudável, pesada, forte nos estômagos das pobres prostitutas do bairro que comem perto de nós, sozinhas, com aquele olhar selvagem que dirigem a um prato cheio os animais e as mulheres não muito nutridas. Ah, o ambiente não é sempre alegre!

Brague, zombeteiro mas no fundo com pena, critica duas mulheres que acabaram de entrar, jovens, magras, com chapéus imbecis que balançam sobre seus cabelos frisados. Uma delas é exuberante, com um porte de cabeça de furiosa insolência; sua figura de revoltante magreza parece no entanto graciosa sob uma estreita bainha de algodão estampado rosa, comprado no brechó. Para esta noite glacial de fevereiro ela tem, para se cobrir, um manto, uma espécie de capa leve, também de algodão, azul e bordado de prata, desbotado... Ela está congelada, demente de tanto frio, mas seus olhos gris exasperados rejeitam qualquer compaixão: está pronta para insultar, a meter as garras ao primeiro que vier, com pena, dizer "pobre menina!".

Essa espécie não é muito rara, nessa vizinhança de Montmartre, essa das moças que morrem de pobreza e de orgulho, lindas em sua indigência radiante. Eu as vejo por aí, perambulando seus leves fracassos de mesa em mesa nas cantinas do Monte, alegres, tontas, raivosas, garras à mostra, nunca gentis, nunca suaves, reclamando da profissão, mas "trabalhando" mesmo assim. Os homens a chamam de "carniças sagradas" com uma risada de desprezo e satisfação, porque elas são da raça que nunca desiste, que nunca vai admitir que tem fome, frio ou que está apaixonada e que vai morrer dizendo "não estou doente", que sangra quando apanha mas também bate...

Sim, as conheço um pouco, essas daí, e é nelas que fico pensando quando olho para a mocinha gelada e orgulhosa que acaba de entrar no Olympe — como se elas me dessem um vago ensinamento, um exemplo contra todas as fraquezas...

Um semi-silêncio faminto reina no bar. Dois homens empapados trocam réplicas ácidas de um lado a outro do salão, sem muita convicção. Uma moça perneta, que janta um creme de menta com água enquanto espera uma refeição que talvez venha, grita-lhes réplicas molengas. Uma cadela bulldog, grávida a ponto de estourar, arfa com dificuldade sobre o carpete puído, seu ventre um balão com os mamilos proeminentes como tachas...

Brague e eu tagarelamos, sonolentos por conta do aquecimento a gás. Penso em todos os restaurantes medíocres de todas as cidades que nos viram assim, sentados à mesa, cansados, indiferentes e curiosos, diante de pratos estranhos... Brague resiste às vinhaças dos restaurantes de estação de trem ou de hotel com seu estômago de aço. Quanto a mim, se a vitela "bourgeoise" ou o carneiro "bonne femme", duros como couro, resistem ao meu garfo, eu me agarro ao queijo e à omelete...

— Diga lá, Brague. Aquele homem ali, de costas para nós, não é o Stéphane-o-Dançarino?
— Onde? Ah, é sim... e com uma "franga".

Uma "franga" mesmo! Estou chocada com essa morena cinquentona com buço... E, já que ele percebeu que nós o víamos, Stéphane-o-Dançarino virou-se um pouco para nos lançar um de seus olhares espertos que serviam, no teatro, para indicar: "Xii. É um segredo!" e que eram tão discretos que poderiam ser vistos por toda a plateia.

— Pobre sujeito! Está realmente fazendo por merecer o dinheiro que ganha, sussurra Brague... O café, mademoiselle, pede Brague, que temos que nos mandar!

O café é uma tinta de um negro olINVALID olINVALID, que deixa na borda das xícaras uma mancha tenaz. Porém, já que não bebo mais café do bom, passei a gostar dessas tisanas quentes e amargas, com gosto de alcaçuz e quinina... Dá para passar sem comer carne nesse nosso metiê, mas não dá para ficar sem café...

Por mais rápido que tomemos nosso café, Stéphane-o-Dançarino consegue "se mandar" antes da gente — ele se apresenta patinando na revista do L'Emp'-Clich' — atrás de sua companheira madura. Na cara de pau, ele faz, às costas dela, para nós, o gesto de um atleta que ergue um halteres de duzentos quilos, e nós gargalhamos sem vergonha... Depois deixamos esse ambiente sombrio, que se diz "lugar de diversão" onde, a essa hora, estão todos chapados sob a luz rosada das lâmpadas: a cadela grávida, as putas exaustas, a garçonete caipira e o gerente com bigodes encerados...

Do lado de fora, o bulevar da periferia e a Place Blanche, onde um vento glacial serpenteia, nos reanimam, e me sinto alegremente de volta à atividade febril... à necessidade de *trabalhar*... uma energia misteriosa e indefinida, que eu gastaria na dança, mas também escrevendo, correndo, atuando ou levando um carrinho de mão...

Como que tomado pela mesma vontade, Brague me diz, subitamente:

— Sabe, recebi um recado de Salomon, o agente... Aquela turnê que te contei vai acontecer. Ele arranjou

pra gente um dia aqui, dois dias lá, uma semana em Marselha, outra em Bordeaux... Você ainda pode ir?
— Eu? Agora mesmo! Por que não iria?
Ele me olha, de soslaio, animado.
— Não sei... por nada... é que tem vezes... eu sei como é a vida...
Agora entendi! Meu camarada lembrou-se do Dufferein-Chautel e acha que... Minha risada brusca, em vez de esclarecer o engano, o deixa ainda mais confuso, mas sinto-me, esta noite, tão marota, tão alegre e leve, já quase partindo em viagem... Ah, sim, partir, e tornar a partir, esquecer quem eu sou e o nome da cidade que me abrigou ontem mesmo, pensar o mínimo possível, não refletir nem reter nada que não seja a bela paisagem que gira e muda ao lado do trem, o açude cor de chumbo onde o céu azul se mira verde, as torres dos sinos tomadas por andorinhas...

Um dia, recordo-me... Quando deixava para trás Rennes em uma manhã de maio... O trem seguia, muito lento, uma estrada em obras, entre moitas de espinhos brancos, de macieiras rubras de sombra azulácea, de salgueiros jovens com folhas de jade... Em pé, à beira do mato, uma menina nos via passar, uma mocinha de doze anos cuja semelhança comigo me deixou inquieta. Séria, as sobrancelhas tesas, com bochechas redondas e douradas — como foram as minhas — os cabelos um pouco descoloridos pelo sol, ela tinha um broto folhudo em suas mãos crispadas e arranhadas — como foram as minhas. E esse ar insociável, os olhos sem idade e quase sem sexo definido que parecem encarar tudo com seriedade — como os meus, exatamente como os meus! Sim, de pé à beira do matagal, minha infância selvagem me olhava passar, a vista abrasada pelo sol nascente.

— Quando você quiser, já sabe!

O convite seco de meu camarada me desperta diante do L'Emp'-Clich' iluminado por luzes púrpuras, cujo brilho, segundo Brague, "fere o fundo dos meus olhos" e alcançamos o subsolo onde o odor familiar — de gesso, amônia, unguento e pó-de-arroz — me causa uma náusea quase agradável... Viemos ver os colegas da *Revista*, mas não a *Revista* em si!

Reencontro meu camarim, que presentemente é habitado por Bouty, e o de Brague, que é tomado pela efervescente presença de Jadin, que atua em três papéis na *Revista* do L'Emp'-Clich'.

— Venham logo, gritou para nós. Vocês chegaram bem a tempo de me ver cantar "Paris la nuit"!

Que pena! Puseram em Jadin um figurino de *pierreuse*[5]!... Saia negra, corpete com uma gola em "V" cavada, meia arrastão, uma faixa vermelha no pescoço e, sobre a cabeça, a tradicional peruca-capacete, onde sangra uma camélia! Nada lembra o charme popular e cativante dessa moça de ombro caído.

Eu já deveria saber: estão transformando, devagar e sempre, minha mimada e jovial *apache* em uma puta de café-concerto. Entre os "E aí?... O que conta de novidade?... Tudo indo?", eu a vejo zanzar em seu camarim,

---

[5] *As* pierreuses *eram as prostitutas de mais baixo escalão, que batiam perna em Paris pela madrugada.* [NE]

e fico triste em ver que ela agora tem um andar de puta — com a barriga para dentro e o peito para fora — e que, quando fala ela *coloca* sua voz e que ainda não disse "merda!" nenhuma vez desde que chegamos...

Bouty, que vai dançar com ela o indefectível *chaloupée*, está em silêncio radiante sob sua boina de seda. Ele está como que nos dizendo "E então, o que acham?", exibindo-nos, com gestos de proprietário, sua criatura... Será que ele enfim conquistou nossa camarada? Para isso recorreu, suponho, à banalização de Jadin, e eis os dois, agora, falando em fazer um "número sensacional", muito bem pago, no Crystal Palace de Londres!...

Como tudo muda rapidamente!... As mulheres, principalmente... Essa aqui, em poucos meses, perderá sua pegada, seu jeito patético natural e inconsciente. Será que um sonso atavismo de zeladores e de comerciantes gananciosos vai tomar conta dessa louca Jadin de dezoito anos, tão pródiga em dar de si mesma e de sua parca grana? Por que será que, diante dela, eu penso nos Bells, acrobatas alemãs de nome inglês, que conhecemos, Brague e eu, em Bruxelas? Incomparáveis em sua força e elegância, sob os maiôs cor-de-cereja que empalideciam sua pele loura, eles moravam, os cinco, em dois cômodos sem móveis, onde cozinhavam eles mesmos em um fogãozinho de ferro. E o tempo todo era — segundo nos contou seu empresário — um palavreado misterioso, meditações sobre os jornais de finanças, disputas selvagens a respeito de minas de ouro, de usinas na Silésia e de crédito imobiliário do Egito! Dinheiro, dinheiro, dinheiro...

Jadin anima, com sua tagarelice vazia, nossa visita, que bem estava precisando. Depois que Bouty, um pouco menos magro, nos dá notícias sobre sua saúde e anuncia que "as coisas vão indo" para o próximo inverno, cá estamos, em silêncio e embaraçados, amigos por acaso que o acaso separou... fico mexendo, sem jeito, nas tintas e pincéis na prateleira com aquela ansiedade e aquela vontade de me maquiar que é bem conhecida de todos que já pisaram no palco... Por sorte a campainha toca e Jadin dá um sobressalto:

— Upa! Pra cima! O operador vai dar a cabine para vocês verem como eu arraso com minha canção "Paris la nuit"!

O operador sonolento de fato me empresta seu banquinho de palha e sua cabine ao pé do palco. Sentada, meu nariz colado à grade que forma um quadrado de luz quente e rubra, eu posso, invisível, desfrutar da vista de duas meias galerias da orquestra, três camarotes de pista e um camarote junto do palco, camarote no qual distingo uma dama — chapéu gigante, pérolas, anéis, lantejoulas — e dois homens que são Dufferein-Chautel primogênito e Dufferein-Chautel caçula, os dois em preto e branco, bem engomados, bem lustrados. Estão sob uma iluminação brutal e assumem, pela brecha pela qual os isolo, uma importância extraordinária.

A mulher não é uma mulher, é uma *dama:* Madame Dufferein-Chautel, a mais velha, sem dúvida. Meu pretendente parece estar se divertindo sem fim com o desfile das catadoras de trapos, pequenas ladras que as sucedem após alguns compassos de música e de uma dancinha negligente.

Enfim, eis Jadin, que se auto-anuncia:

— "E eu, que sou a rainha da Paris noturna: eu sou a Pierreuse!".

Eu vejo meu pretendente se debruçar, muito animado, por cima do programa, para mostrar o nariz e esquadrinhar minha camarada, do cabelo-capacete a suas meias arrastão...

Por uma inversão curiosa, é ele que se torna, para mim, o espetáculo, porque da pequena Jadin só consigo ver o perfil — que as luzes da ribalta, ofuscando-me, tornam chapado, como se mordiscado pela luz — as narinas negras, os lábios repuxados sobre uma lâmina brilhante de dentes...

Com seu pescoço esticado como uma gárgula, amarrado com uma faixa vermelha, essa tenra criança agora se parece a algum espectro luxuriante pintado por Rops[6].

Quando, terminada sua canção, ela volta duas vezes para agradecer os apupos — calcanhares colados, dedos nos lábios — meu pretendente a aplaude com suas grandes mãos morenas, tão forte que ela lhe envia, antes de desaparecer, um beijinho particular, apontando o queixo...

— Ei! Está dormindo ou o quê? Já te disse duas vezes que não pode ficar aqui: temos que montar o cenário de *Heliópolis*!

---

[6] Félicien Rops, *artista e gravador belga do fim do século XIX conhecido por temas eróticos e satânicos.* [NE]

— Tá bom, já estou indo...

Pareceu-me, de fato, que eu *estava* caindo no sono; ou melhor: estava saindo de um desses minutos em que não pensamos, que precedem o surgimento de uma ideia penosa, o prelúdio de uma escorregada moral...

— Então? Decidiu-se? Vai ou não vai?

Estão lá os dois, Brague e Salomon, pressionando-me, com a voz e com o olhar. Esse está rindo para me dar confiança, o outro resmunga. Uma mão pesada, a de Salomon, pousa em meu ombro:

— É um contrato, e um contrato e tanto, na minha opinião!

Estou com ele nas mãos, esse contrato datilografado, e o releio pela décima vez, com receito de encontrar ali uma armadilha escondida, uma cláusula escusa... Releio sobretudo para ganhar tempo. E depois fico olhando a janela, as cortinas de tela engomada e, atrás delas, o corredor triste e asseado...

Faço cara de quem está refletindo, mas não reflito. Hesitar não é a mesma coisa que refletir... Distraidamente, faço um inventário desse escritório no estilo inglês que já vi tantas vezes, ilustrado com fotografias estrangeiras: damas em meio-corpo, decotadas, com penteados caprichados, com um sorriso vienense; homens em traje formal, de forma que não se pode adivinhar se são cantores ou acrobatas, mímicos ou cavaleiros...

Quarenta dias de turnê, a cento e cinquenta francos por dia, isso dá... seis mil francos. É uma boa grana. No entanto...

— No entanto..., digo enfim a Salomon, não estou afim de te engordar com seiscentos francos! Afinal de contas, dez por cento é um achaque!

Voltei a encontrar a palavra e a arte de me servir dela, e o vocabulário preciso. Salomon ficou da cor de seus cabelos, vermelho-tijolo: até seus olhos impassíveis enrubesceram, mas de sua bocarra amena precipitou-se um jorro de súplicas quase amorosas:

— Minha querida! Meu amorzinho! Não comece a falar besteiras!... Um mês, um mês que passei trabalhando no seu itinerário! Pergunte a Brague! Um mês que vim ralando para te encontrar estabelecimentos da primeira ordem!... E os cartazes, tantos quanto o do... o da... Mademoiselle Otero[7], veja só! E é assim que você me agradece! Não tem coração? Dez por cento? Mas era doze que você teria que me dar, está ouvindo?

— Estou ouvindo. Mas não quero te engordar com seiscentos francos. Você não vale isso.

Os olhinhos vermelhos de Salomon ficam ainda menores. Sua mão pesada, sobre meu ombro, acaricia, com vontade de me amassar:

---

[7] Carolina "La Belle" Otero *(1868-1965) cantora e dançarina espanhola, famosa por sua beleza e seus numerosos amantes. Antes de morrer, de volta à pobreza, declarou: "As mulheres têm uma missão na vida: a de serem lindas. Quando envelhecemos, temos que aprender a quebrar os espelhos."* [NE]

— Ah, sua malvada! Está vendo, Brague? Uma criança para quem eu consegui o primeiro trabalho!

— Uma criança que já é adulta agora, meu caro, e que precisa renovar seu guarda-roupa! Meu figurino do *Emprise* está acabado, fique sabendo. Um figurino direito, seiscentos francos, e mais sapatos, mais o véu para dançar, sem falar dos acessórios! Você por acaso vai pagar por eles, velho pilantra?

— Brague, está vendo?, repete Salomon... — Estou com vergonha por ela, bem na sua frente! O que é que você vai pensar dela?

— Eu penso, diz Brague tranquilamente, que ela teria razão se aceitasse a turnê, mas estaria errada se te desse os seiscentos francos.

— Está bem. Me devolva a papelada.

A mão grande solta meu ombro. Salomon, pálido e com o rosto franzido, volta a sua escrivaninha em estilo inglês, sem sequer nos encarar.

— Salomon, você sabe. Entre nós não tem brincadeira! Eu sou ruim como a sarna quando me dá na telha e não estou nem aí se tiver que cancelar um contrato quando me chateiam.

— Madame, respondeu Salomon, com dignidade e frieza. A senhora falou comigo como a um homem que se despreza, e isso me magoou.

— Ah, vamos parar com esse teatro!, intervém Brague, sem elevar a voz. — Pare de se gabar! Seiscentos da parte dela, quatrocentos e quarenta da minha parte... está achando que somos acrobatas alemães? Me passa essa papelada aqui: não vamos assinar nada hoje. Exijo vinte e quatro horas para consultar minha família.

— Isso é besteira! Berrou Salomon com um ímpeto gaguejante. Todos esses homens são diretores de estabelecimentos muito chiques, é gente que não gosta que se lhes passem a perna, é gente...

— Que estão com o cu na reta, estou sabendo! Interrompeu meu camarada. Bem, diga a eles que volto amanhã... Vamos, Renée?... Salomon, para nós dois, é sete e meio por cento. E acho que somos é bem generosos.

Salomon passou o lenço em seus olhos secos e sua fronte úmida.

— Sim, sim, vocês são dois lindos porquinhos, isso é o que são.

— Salomon, de você já não podemos dizer o mesmo: você não é lindo...

— Deixe para lá, Renée. Esse homem é um amor, ele vai fazer o que quisermos. Além do mais, ele te ama. Não é, Salomon?

Salomon está amuado. Ele nos dá as costas, como um bebezão, e nos diz com a voz chorosa.

— Não. Vão embora. Não quero ver a cara de vocês. Estou mesmo magoado. Essa é a primeira vez, desde que comecei a agenciar trabalhos, que me infligem uma tal humilhação! Vão embora! Preciso ficar sozinho. Não quero mais ver vocês.

— Então tá. Até amanhã!

— Não, não! Entre nós três está tudo acabado.

— Às cinco?

Salomon, sentado diante de sua escrivaninha, dirige para nós seu rosto rosado e lacrimoso:

— Às cinco? Então tá: além de tudo vou ter que cancelar minha reunião no Alhambra por conta de vocês. Não venham antes das seis, entenderam?
Desarmada, aperto sua mão pequena e saímos.
Já que o burburinho da rua impossibilitava qualquer colóquio, permanecemos mudos. Estou apreensiva com a relativa quietude do Boulevard Malesherbes, onde Brague irá começar a discutir e a me convencer. Convencida já estou, e decidida a partir... Hamond não vai ficar contente. Margot me dirá "você tem razão, minha filha!" sem qualquer sinceridade, e me dará excelentes conselhos e três ou quatro garrafas de "especialidades" contra a enxaqueca, a constipação e a febre.
E quanto a Dufferein-Chautel, o que é que *ele* vai dizer? Divirto-me imaginando a cara que vai fazer. Vai se consolar junto a Jadin, é isso... Partir... E para quando?
— E as datas, Brague? Acabei nem prestando atenção, veja só.
Dando de ombros, Brague põe-se a meu lado no meio do pelotão de pedestres que esperam, submissos, que o bastão branco do guarda suspenda a fila de carros e abra uma vereda, do Boulevard Haussmann até o refúgio na praça Saint-Augustin.
— Se eu fosse contar só contigo para fechar nossos contratos, minha pobre amiga... Madame grita, Madame sobe nas tamancas, Madame quer isso, não quer aquilo pra depois... "Puxa, não prestei atenção nas datas!".
Deixo, por uma deferência, que ele saboreie sua superioridade. É um dos maiores prazeres de Brague esse de

me tratar como uma novata, como uma pupila estabanada... Corremos, sob a batuta do policial, o caminho todo até o Boulevard Malesherbes...

— De cinco de abril a quinze de maio, conclui Brague. — Nenhuma objeção? Nada que te prenda aqui?

— Nada...

Subimos pelo bulevar, um pouco ofegantes pelo vapor de banho quente que se ergue da calçada molhada. Uma chuva curta, quase uma tempestade: começou o degelo; o asfalto negro reflete, esticadas e irisadas, as luzes dos lampiões. O topo da avenida se perde em uma neblina indistinta, avermelhada por um resto de crepúsculo... Involuntariamente, dou meia volta, olho em meu entorno, procurando por... o quê? Nada. Não, nada me prende aqui — nem em qualquer outro lugar. Nenhum rosto querido vai surgir do meio da bruma, como uma flor clara que emerge da água escura, para me pedir carinhosamente: "não se vá!".

Partirei, então — mais uma vez. O cinco de abril ainda está longe — estamos a quinze de fevereiro — mas é como se eu já tivesse partido. Brague pode, a meu ouvido distraído, enumerar os nomes das cidades, dos hotéis, as cifras, as cifras, as cifras...

— Está me escutando, pelo menos?

— Sim.

— Então, você não vai fazer nada nada, daqui até o cinco de abril?

— Não que eu saiba!

— Nem fazer uma besteira qualquer, dessas para granfinos, só para te ocupar daqui até lá?

— Juro que não.

— Se você quiser, posso procurar uma coisinha para você, por semana.

Deixo meu camarada, agradecendo-o, tocada por seu desejo de evitar minha parada, esse ócio que desmoraliza, apavora e desmonta os atores sem emprego.

Três cabeças se erguem quando eu entro em meu escritório: as de Hamond, de Fossette e de Dufferein-Chautel. Apertadas as três sob o abajur rosa, em torno de uma mesinha, eles jogam o jogo de descarte. Fossette sabe jogar cartas na maneira dos bulldogs: encarapitada sobre uma cadeira, ela segue o vai-e-vem das mãos, pronta a capturar no voo uma carta jogada longe demais.

Hamond exclama: "até que enfim!". Fossette: "Auf!" e Dufferein-Chautel não diz nada, mas quase que late também...

A alegre recepção, a luz entrecortada, bem quando saio da neblina fétida, me clareiam o coração, e é em um impulso de alegria afetuosa que eu exclamo:

— Bom dia! Já estão sabendo? Vou partir!

— Vai partir? Como assim? Quando?

Sem me deter no tom de meu pretendente e no que ele revela, involuntariamente, de ríspido e inquisitorial, retiro as luvas e meu chapéu.

— Vou lhes dizer enquanto jantamos. Fiquem os dois: já é quase um jantar de despedida!... Fiquem tranquilos, continuem sua partida, mandei Blandine buscar as costeletas e vou vestir um *robe de chambre*. Estou tão cansada...

Quando volto, perdida nas dobras de um quimono de flanela rosa, encontro os dois, Hamond e Dufferein-Chautel, com aquela cara sonsa de quem tramou alguma coisa... E daí? Meu adorador vai se beneficiar, esta noite, de um otimismo que se espalha por toda a natureza: eu o convido, para "brindar a turnê", a nos oferecer a champagne Saint-Marceaux da mercearia ao lado. Ele correu para lá, sem chapéu, e trouxe duas garrafas sob o braço...

Animada, e um tanto alta, lanço a meu pretendente um olhar desarmado que ele nunca viu. Rio alto, com um riso que ele nunca escutou, jogo sobre o ombro as mangas largas do quimono, revelando um braço mais claro que meu vestido, um braço "cor da polpa da banana", diz ele... Sinto-me condescendente, gentil — por um tiquinho eu lhe estenderia minhas bochechas: o que importa? Estou partindo! Não vou voltar a ver esse moço! Quarenta dias? Vamos estar todos mortos daqui até lá!
 Pobre do meu pretendente, como eu fui malvada com ele, ao fim das contas!... Eu o acho amável, limpinho, bem penteado, educado... como um homem que não vou voltar a ver! Porque, quando estiver de volta, já vou tê-lo esquecido, e também ele me terá esquecido... com a pequena Jadin ou com uma outra. Provavelmente com a pequena Jadin.
 — O quê?! Essa pequena Jadin!
 Falei alto essa exclamação que me pareceu imensamente engraçada.

Meu pretendente, que esta noite tem dificuldades de rir, olha para mim comprimindo suas sobrancelhas de carvoeiro:

— O quê? "Essa pequena Jadin"?
— Você bem que gostou dela na outra noite, não foi? No L'Emp'-Clich'?

Dufferein-Chautel inclina-se para frente, intrigado. Seu rosto sai da penumbra do abajur e pude distinguir o tom exato de suas íris morenas, cor de bronze e listradas como certas ágatas do Dauphiné...

— Você estava naquela sala? Não a vi por lá!

Esvazio minha taça, antes de replicar, misteriosamente:

— Ah! Pois então...
— Então estava lá?... Sim, ela é boa, a pequena Jadin. Você a conhece? Eu acho que ela é muito boa.
— Mais que eu?

Eu teria merecido uma resposta que não fosse o silêncio espantado, a essa pergunta imprudente, imbecil, que não me é digna! Fiquei com vontade de me bater! Bah! E que importa isso? Estou indo embora!... Conto a eles meu itinerário: a volta completa pela França, mas somente as cidades grandes! E tantos cartazes quanto... quanto a Mademoiselle Otero! E as belas paisagens que verei, e o sol que vou encontrar no Sul e... e...

A champagne — três taças, não precisa mais do que isso — empapou enfim minha tagarelice alegre. Falar: que gasto de energia para quem passa sem falar dias inteiros!... Meus dois amigos fumam, agora, e, por trás de sua bruma de fumaça, parecem afastar-se, afastar-

-se... Como estou distante! Já parti, dispersa, refugiada na viagem... Suas vozes vão sufocando, distanciando, misturadas ao chacoalhar dos trens, aos apitos, à canção de ninar de uma orquestra imaginária... Ah! A doce partida, o doce sono, que me carrega para uma margem que não se pode ver...

— O quê? É seis horas? Bem, obrigada... Ah, é você?
Estava dormindo, sonhava que estava viajando: um camareiro de hotel batia à minha porta no sonho, gritando que eram seis horas... E me encontrei sentada, saltando do fundo do meu velho divã, onde a fadiga e o pilequinho me botaram para dormir. Em pé, diante de mim, o Grande Paspalho ocupa toda a altura do quarto. Meus olhos, que se abriram rápido demais, piscam sob a lâmpada, e as bordas do abajur, as arestas da mesa iluminada ferem meus olhos como lâminas brilhantes...
— É você? Onde está Hamond?
— Hamond acaba de partir.
— Que horas são, então?
— É meia-noite.
— Meia-noite!
Dormi por mais de uma hora!
Mecanicamente, levanto-me, penteando com os dedos meu cabelo achatado, depois puxo a barra do meu robe até a ponta das minhas pantufas...
— Meia-noite? Por que é que você não foi embora com Hamond?
— Tínhamos receio de que você ficasse assustada ao se deparar sozinha aqui... então permaneci.

Será que ele está zombando de mim? Não consigo distinguir sua expressão, tão alta, e à sombra...
— Estava cansada, você compreende...
— Compreendo muito bem.
O que é este tom seco, de reprimenda? Estou abismada! Realmente, se eu fosse covarde, teria uma bela ocasião para sair gritando por socorro, sozinha que estou com esse indivíduo escuro que me fala do alto!... Quem sabe ele não bebeu, também, só que mais do que eu?
— Então me diga, Dufferein-Chautel, você está passando mal?
— Não estou passando mal.
Ele começa a andar, graças a Deus. Já estava cansada de vê-lo parado como um menir, tão perto de mim.
— Não estou passando mal. Estou é com raiva!
— Ah! Ah!
Reflito por um momento, depois acrescento, como uma tola:
— Isso é por eu estar indo embora?
Dufferein-Chautel estanca:
— É por estar indo embora? Não estava pensando nisso. Já que você está aqui, não preciso pensar na sua partida. Não. Eu a culpo. Eu a culpo porque você dormiu.
— Ah, é?
— É uma falta de sensibilidade, você dormir assim, desse jeito! Na frente do Hamond! E mesmo na minha frente! Está se vendo que você não faz ideia da cara que faz quando está dormindo! Ou talvez faça de propósito, e isso é indigno da sua parte!

Ele sentou-se abruptamente, como se partisse em pedaços, e está junto a mim, seu rosto na altura do meu:

— Quando você dorme, não faz uma cara de quem está dormindo... Você parece... bem, enfim, você tem uma expressão de ter fechado os olhos para guardar uma alegria que é mais forte que você! Precisamente! Você não faz a cara de uma mulher dormindo... Enfim, você entende o que estou querendo dizer, por Deus! É revoltante! Quando penso que você teve que dormir dessa maneira, diante de sei lá quantas pessoas, nem sei o que faria contigo!

Está sentado, enviezado, em uma cadeira frágil, e virou um pouco seu rosto alterado, fendido por duas grandes faixas, uma na testa e outra atravessando suas bochechas, como se a explosão de sua cólera acabasse de estilhaçá-lo. Não tenho medo — ao contrário: é um alívio para mim reencontrá-lo sincero, parecido com o homem que entrou, faz dois meses, no meu camarim.

Ei-lo portanto, diante de mim, com seu furor elefantino, sua teimosia bestial, sua sinceridade calculada — assim reapareceu meu inimigo, meu atormentador: o amor. Que pena! Não há como se enganar. Já vi antes esta expressão, esses olhos, essa convulsão das mãos atadas uma à outra, sim já vi tudo isso... na época em que Adolphe Taillandy me desejava...

Mas o que é que vou fazer com isso? Não me sinto ofendida, não estou sequer — ou só um pouco — comovida; mas o que vou fazer? Como responder a ele?... Esse silêncio que se prolonga torna-se mais intolerável que sua declaração. Se ele ao menos fosse embora... mas não se mexe. Não arrisco o mínimo movimento, com receio de que um suspiro ou uma ondulação do meu vestido seja o suficiente para reanimar meu adversário — já não ouso mais dizer "meu pretendente" — ele me ama demais!...

— É tudo o que tem a me dizer?

O som de sua voz, agora mais suave, me causa um prazer tão vivo que sorrio de alívio daquele silêncio irrespirável.

— Nossa, eu não vejo o que...

Ele se volta para mim, com uma gentileza pesada de um cachorro grande:

— É isso mesmo, você não vê... Oh, você tem um talento para não ver! Desde que se trate de mim, você não vê, você não vê nada! Você olha através de mim, você sorri por cima de mim, você fala para o meu lado!... E eu finjo ser o homem que não vê que você não vê. Que esperto! Que digno da nossa parte!

— Ouça, Dufferein-Chautel...

— E você me chama de Dufferein-Chautel! Sei muito bem que tenho um nome ridículo, um nome de deputado, industrial ou de diretor de um banco de descontos! Não é minha culpa!... Sim, sim, pode rir!... Que sorte a minha..., acrescenta em voz mais baixa, poder te fazer rir...

— Vejamos, então. Como é que você quer que te chame? Dufferein, ou Chautel? Ou Duduffe? Ou... simplesmente Maxime, ou Max?... Oh, te suplico, passe-me o espelho, esse aí sobre a mesa, e meu pó-de-arroz: devo estar com uma cara!... A champagne, o cochilo, e mais pó-de-arroz no nariz!

— Para quê isso?, diz ele impaciente. Para quem você quer botar pó-de-arroz, e nessa hora?
— Para mim, primeiramente. E depois para você.
— Para mim não vale a pena. Você me trata como homem que te faz a corte. E se eu fosse, simplesmente, um homem que te ama?

Encaro-o, mais desconfiada que nunca, desconcertada por encontrar nesse homem, agora que há uma questão de amor entre nós, uma inteligência, uma segurança especiais, bem escondidas sob seu exterior de Grande Paspalho. A aptidão ao amor, sim, é isso o que adivinho nele, é onde ele me ultrapassa e me embaraça!

— Diga-me francamente, Renée... Para você, é odioso ou é indiferente, ou vagamente agradável, saber que eu te amo?

Ele não fala de modo ultrajante, nem humilde, nem choroso, não há nada de tímido ou cauteloso nele... Imitando sua simplicidade, respondo, fortalecida:

— Eu não faço ideia.
— Foi o que pensei, disse, com seriedade. Nesse caso...
— Nesse caso?
— Só me resta ir embora!
— Já é meia-noite e meia.
— Não, você não entendeu. Quero dizer: não voltar a vê-la, ir embora de Paris!
— Ir embora de Paris? Por quê?, digo-lhe honestamente. Não é necessário. E não o proibi de me ver...

Ele dá de ombros:

— Ah, eu sei o que estou falando!... Quando a coisa não vai, ou quando tenho... problemas, enfim, vou para nossa casa.

Ele disse mesmo "nossa casa", como um provinciano, ternamente.

— É bonita a casa de vocês?

— Sim. É a floresta. Uma porção de pinheiros, muitos carvalhos. Eu amo os cortes frescos, você sabe, quando abateram as árvores e ficaram somente as mudas, e os grandes círculos onde queimam carvão e onde crescem os morangos no verão seguinte...

— E o lírio-do-vale...

— E o lírio-do-vale... e as dedaleiras também. Você conhece? São altas, dessa altura, e quando a gente era criança a gente vestia os dedos com elas...

— Conheço...

Ele conta mal, meu lenhador das Ardenas, mas posso visualizar bem o que ele vai contando!...

— Vou para lá no verão, de carro. Também vou caçar um pouco, no outono. É a casa da mamãe, naturalmente. A mãe Corta-Pau, diz ele, rindo. Ela corta, corta, serra e vende.

— Oh!

— Mas ela não acaba com a floresta, sabe? Ela sabe muito bem o que é a madeira, ela a entende como um homem, melhor que um homem!

O escuto com um novo prazer, contente por ele esquecer de mim por um instante, por ele falar, como um perfeito lenhador, da sua floresta maternal. Não me lembrava que ele fosse das Ardenas, e ele não se incomodou em dizer que amava sua terra. Agora sei porque ele tem essa cara de Paspalho! É porque ele se porta um pouco como se estivesse vestindo suas "roupas de festa", com uma deselegância indelével e simpática, parecendo um caipira com roupas de domingo...

— Só que, se você me rejeitar, Renée, minha mãe vai saber imediatamente que voltei para a casa dela para "me curar" e ela vai querer mais uma vez me casar. Olhe para o que você vai fazer comigo!

— Deixe que ela o case!

— Não está falando sério...

— E por que não estaria? Porque uma experiência pessoal me foi nefasta? O que é que isso prova? Você deveria se casar, ficaria muito bem em você. Você já tem cara de casado. Você fica desfilando esse seu celibato nessas roupas de jovem pai de família, você ama ficar sentado na poltrona ao lado da lareira. Você é afetuoso, ciumento, teimoso e preguiçoso como um marido mimado. E um déspota, primeiramente, e monógamo de nascença!

Estupefato, meu pretendente me encara em silêncio, então salta sobre os pés.

— Sou tudo isso!, exclama. Sou tudo isso! É ela quem está dizendo! Sou tudo isso!

Repreendo secamente seus gritos e seus gestos:

— Cale-se, então! O que é que deu em você? Porque você é egoísta, em suma, e preguiçoso, e fica sentado na poltrona, isso te dá vontade de dançar?

Docilmente, ele senta-se do lado oposto ao meu, mas seu olhar de cão pastor com uma sagacidade vitoriosa:

— Não. Para mim tanto faz ser tudo isso que você disse: o que me dá vontade de dançar é você saber disso!

Ah! Tola que sou! Ei-lo triunfante, desfrutando de minha confissão: a confissão da minha curiosidade, ou mesmo de um interesse mais intenso... Ei-lo glorioso, tremendo de desejo de revelar mais de si mesmo. Eu gritaria, se ousasse: "sim, sou tudo isso! Você enfim dignou-se a me ver, justo quando eu estava desesperado para existir diante dos seus olhos! Repare mais em mim! Descubra-me todo, por inteiro, invente em mim mais fraquezas, mais ridículos, me entupa de vícios imaginários... Que me importa se você errar? Não me preocupo se você não me conhecer do jeito que eu sou: crie esse seu apaixonado do jeito que quiser, que depois — do jeito que um mestre retoca e refaz a pintura medíocre de um querido pupilo — depois, manhosamente, pouco a pouco, eu farei com que ele se pareça comigo!"

Será que eu devo recitar o que ele está pensando em voz alta, para confundi-lo?... Cuidado! Quase que cometo mais uma trapalhada. Ele não vai ficar confuso, ele vai escutar, jubiloso, sua cartomante, e vai dar graças por essa visão que o amor concede!... E o que ele está esperando agora? Que eu caia em seus braços? Nada assusta um homem apaixonado. Queria que ele se fosse para longe... Luto por minha necessidade de descansar, de relaxar, de levantar uma mão e implorar: "Alto! Pare! Eu não conheço esse jogo. Se eu estiver com vontade, a gente recomeça; mas não tenho forças para te acompanhar, e vou ser pega logo, como você pode bem ver...".

Seus olhos vigilantes vão e vêm, rapidamente, das minhas pálpebras a minha boca, da minha boca para minhas pálpebras, parecendo ler meu rosto... Súbito, ele se levanta e se afasta, com uma brusca discrição:

— Adeus, Renée!, disse com uma voz mais grave... Peço-lhe perdão por ter permanecido até tão tarde, mas foi Hamond que me recomendou...

Protesto, com um embaraço de granfina.

— Ah, não faz mal. Pelo contrário...

— Sabe se seu porteiro tem um sono muito pesado?

— Espero que não...

Estamos tão impiedosamente tolos que a alegria me volta um pouco:

— Espere!, digo, de um golpe. Eu preferia que você não acordasse o porteiro: você vai sair pela janela...

— Pela janela? Oh! Renée...

— Estamos no térreo.

— Sei disso. Mas você não tem receio que... que eu seja visto? Um dos inquilinos pode estar chegando nesse momento...

— E o que você acha que isso vai me causar?

Não me contive e me pus a responder, dando de ombros, em uma indiferença tão desdenhosa que meu pretendente não ousou mais se regozijar. No fundo, essa saída a uma hora da madrugada, pela janela — a do meu quarto de dormir, por favor! — deve lhe encher com uma alegria de estudante. Ah! Que juventude...

— Salte! Pronto! Boa noite!

— Até amanhã, Renée?

— Se você quiser, meu amigo...

... Que juventude!... E no entanto ele tem trinta e três anos, esse homem!... Eu também. Trinta e quatro daqui a seis meses.

Eu o escutei correndo sobre a calçada, sob uma chuva fina e colante que cobre o asfalto e molha o parapeito da janela, no qual estou acotovelada, como uma amante... Porém, atrás de mim, ninguém perturbou a grande cama, banal e fresca, revestida de um lençol sem dobras, e que minha insônia resignada nem chegará a desarrumar.

Ele se foi. Voltará amanhã, e nos dias seguintes, já que lhe dei a permissão. Ele voltará quase feliz, desajeitado, cheio de esperança, com sua cara que diz "não estou pedindo nada" que por fim me irrita como a súplica mecânica de um mendigo. Seria mais simples feri-lo com uma recusa sem mais perigo, e que ele se fosse com um corte fresco e curável!...

No quadrado de minha janela iluminada, a chuva fina cai, branca sobre o fundo negro da rua, como uma moagem úmida.

Eu sucumbi, confesso, eu sucumbi, ao permitir que esse homem voltasse amanhã, ao desejo de conservar nele não um pretendente, não um amigo, mas um ávido espectador de minha vida e da minha pessoa. "É preciso envelhecer terrivelmente", disse-me um dia Margot, "para renunciar à vaidade de viver diante de alguém!".

Poderia eu afirmar sinceramente que, já há algumas semanas, não estava me comprazendo com a atenção desse espectador apaixonado? Eu lhe escondi meu olhar mais atento, meu sorriso mais livre. Ao lhe falar contive o tom da minha voz, fechei-lhe a cara, mas... Mas não seria isso justo para que ele constatasse, ferido e humilhado, que todas as minhas reticências eram dirigidas a ele, e que eu fazia o esforço, para ele, de ao menos existir? Não existe disfarce sem flerte, e é preciso tanto cuidado e vigilância para se fazer feia o tempo todo quanto para se fazer bonita.

Se meu pretendente, na sombra, estiver espreitando minha janela aberta, que ele sinta orgulho! Não sinto sua falta, não o desejo de modo algum — mas eu penso nele. Penso nele, como se estivesse medindo minha primeira derrota...

A primeira? Não: a segunda. Houve uma noite — ah! E que lembrança envenenada, que maldigo ter ressuscitado a essa hora! — em que eu me acotovelava desse jeito, debruçada sobre um jardim invisível. Meus cabelos muito compridos pendiam como uma corda de seda para fora do balcão... A certeza do amor acabava de se abater sobre mim e, longe de me enfraquecer, minha força adolescente o ostentava orgulhosamente, com uma alegria implacável ao resto dos humanos. Nem a dúvida, nem melancolia mesmo a mais suave, trouxeram juízo a essa noite triunfal e solitária, coroada por glicínios e rosas!... Essa cega, essa inocente exaltação — o que fez dela o homem que a suscitou?...

Fechemos a janela, fechemos a janela! Tremo de ver irromper, através do véu da chuva, um jardim de província, verde e negro, prateado pela lua que desponta, por onde passa a sombra de uma jovem menina que enrola sonhadoramente sua longa trança pelo punho, como uma cobra que faz carícias...

— Marselha, Nice, Cannes, Toulon...

— Não, antes de Toulon tem Menton...

— E Grenoble! Vamos para Grenoble também!

Vamos recenseando as cidades de nossa turnê, como os garotos que contam suas bolas de gude. Brague decidiu que vamos levar duas pantomimas: *L'Emprise* e *La Dryade*.

— Para as cidades grandes onde vamos ficar quatro dias, me garante, sempre bom preparar um número extra.

Por mim, tudo bem. Concordo com tudo. Não há ninguém mais fácil ou mais aprovadora que eu, esta manhã. No atelier de Cernuschi, onde trabalhamos, só ressoam os gritos de Brague e a risada do "Velho Troglodita" que está exultante com a ideia de fazer uma turnê e de ganhar quinze francos por dia; sua cara jovem e faminta com os olhos azuis e ocos reflete uma alegria constante, e sabe lá Deus o que ele vai sofrer por isso!

— Sua besta de carga!, grita Brague. Vou arrebentar com esse seu sorriso de bailarina! As pessoas vão achar que você nunca viu um troglodita! Entorta essa cara, estou dizendo! Mais ainda! E o olhar frouxo! E o queixo tremendo! Um jeito meio Chaliapin, entendeu?

Ele seca a fronte e vira-se para mim, desanimado:

— Não sei por que diabos me esforço tanto com essa cavalgadura: quando falo de Chaliapin[8] ele acha que estou falando de putaria!... E então, você, o que está fazendo parada aí? Pensando na morte da bezerra?

— Ah, já é minha vez, agora? Estava justamente pensando que faz tempo que Brague não me murmurava palavras de amor!

Meu camarada professor me encara com desprezo teatral:

— "Palavras de amor"! Deixo isso para os outros, e disso você não deve estar sentindo falta. Pra fora! A sessão está encerrada. Amanhã, ensaio com figurino, com cenário e acessórios. O que quer dizer que você vai ter um véu para sua dança e que o senhor aqui presente vai empurrar uma caixa de velas para imitar a rocha que vai brandir sobre nossas cabeças. Já estou farto de ver a cara de vocês, você com esse lenço grande como minha bunda e esse aí com o *Paris-Journal* enrolado para fingir de clava. Amanhã, aqui, às dez. Tenho dito.

Justo no momento em que Brague termina de falar, um raio de sol doura a claraboia e levanto a cabeça como se me chamassem bruscamente lá de cima.

— Ouviu o que eu disse, pequena Renée?

— Sim...

— Sim? Então vá embora. É a hora da sopa. Vá ficar encarando o sol lá fora! Está sonhando com o campo, não é?

---

[9] Feodor Chaliapin *(1873-1938)*, *cantor lírico russo, criador da escola naturalista de atuação.*

— Não dá para esconder nada de você. Até amanhã.

Eu sonho com o campo... Sim, mas não do jeito que pensa meu infalível camarada. E o burburinho da Place Clichy ao meio-dia não me deixa esquecer uma lembrança irritante, muito recente e muito intensa...

Ontem Hamond e Dufferein-Chautel me levaram para passear no Bois de Meudon, como se fossem dois estudantes de artes convidando uma costureirinha. Meu pretendente fazia as honras de um automóvel novo, cheirando a couro e terebentina: um magnífico brinquedinho de gente grande.

Seu rosto escuro e jovem irradiava o desejo de me presentear com essa bela máquina polida e vibrante, que não me despertava a menor vontade.

Mas eu ria porque Hamond e Dufferein-Chautel portavam, para essa escapada ao Meudon, o mesmo chapéu marrom, vincado, com abas largas, e eu ficava tão pequenina, entre esses dois diabões!

— A Tarnowska[9] e seus carcereiros, não é mesmo, Hamond?

Sentado de frente para mim em um dos assentos dobráveis, meu pretendente dobrava suas pernas discretamente para evitar que meus joelhos entrassem em contato com os seus. O dia claro e cinza, de temperatura amena, primaveril, me mostrava todos os detalhes de seu rosto, mais moreno sob o chapéu acobreado, e as

---

[9] Maria Tarnowska *(1877-1949) instigou um de seus amantes a matar outro, e enfrentou um julgamento de grande repercussão pública, que ficou conhecido como "Caso Russo".* [NE]

nuances esfumaçadas de suas pálpebras, e seus cílios, rígidos, abundantes, em uma grande dupla. A boca, meio dissimulada sob o bigode de um negro rubro, me intrigava, e a treliça imperceptível das pequenas rugas sob os olhos, e as sobrancelhas mais curtas que seus olhos, grossas, mal cortadas, um pouco eriçadas como as dos cães terrier de caça... Com uma mão nervosa, eu procurava subitamente o espelho na minha bolsinha...
— Perdeu alguma coisa, Renée?
Mas eu já havia reconsiderado:
— Não, nada; obrigada.
Para que serviria mirar, diante dele, as manchas de um rosto que perde o hábito de ser contemplado à luz do dia? E o que meu espelho teria para me ensinar? Uma maquiagem desajeitada com lápis marrom, rímel azulado e batom vermelho já não bastavam, como antigamente, para chamar a atenção para os olhos e a boca, os três destaques, os três ímãs de meu rosto? Nada de ruge sobre as bochechas um pouco cavadas, nem sob as pálpebras que o cansaço e o constante piscar já, delicadamente, riscaram...
A alegria de Fossette, sentada sobre meus joelhos e estendida em direção à porta, nos forneceu uma conversação intermitente, e também a doçura desse bosque ainda invernal, com ramos gris contra um céu da cor da chinchila... Mas, desde que me debrucei para sorver um pouco da brisa, carregada do cheiro amargo das velhas folhas decompostas, sentia o olhar de meu pretendente pousar, seguro de si, sobre toda minha pessoa...
De Paris até o bosque de Meudon não trocamos mais de cem frases. O campo não me deixa loquaz e meu

velho amigo Hamond se entediou assim que passamos dos muros da cidade. Nossa mudez poderia desanimar qualquer um menos um apaixonado, egoistamente recompensado ao me ter diante de seus olhos, uma prisioneira em seu carro, passiva, vagamente contente pelo passeio, sorrindo com cada salto da estrada úmida e esburacada...

Fossette, imperiosa, decidiu, com um grito curto, que não iríamos mais longe e que um assunto urgente a chamava no fundo desses bosques nus, naquela trilha na floresta onde brilhavam, como espelhos redondos, as poças de uma chuva recente. Nós três a seguimos sem protestar, com um passo comprido de gente que vai sempre a pé...

— Que cheiro bom, disse de repente o Grande Paspalho, aspirando ar. — É igual ao cheiro lá da nossa casa.

— Não, não é como o cheiro da *sua* casa: é como o da nossa casa! Hamond, que cheiro é esse?

— É o cheiro do outono, disse Hamond em um tom cansado.

Dito isso, paramos sem nada mais falar, erguendo os rostos para uma rusga de céu apertada entre as árvores muito altas, escutando, no meio do murmúrio intenso e do sussurro exalado pela floresta, o piado líquido, claro, e arrepiante de um melro que desafiava o inverno...

Um bichinho avermelhado disparou a nossos pés, uma fuinha ou doninha que Fossette havia espantado, e seguimos a cadela animada, obtusa, ostentatória, que latia "estou vendo, vou pegar!" em uma pista imaginária...

Estimulada, por fim, lancei-me atrás dela aleia abaixo, entregue ao prazer animal da corrida, meu chapéu de pele enfiado até as orelhas e as pernas livres sob minha saia que eu erguia com as duas mãos...

Quando estanquei, sem fôlego, encontrei meu pretendente por trás de mim.

— Oh, você me seguiu? Como foi que... como foi que não te ouvi correndo?

Ele respirava ofegante, os olhos brilhantes sob as sobrancelhas irregulares, os cabelos desalinhados pela corrida — parecia um fogareiro apaixonado, e nada tranquilo.

— Eu a segui... Tomei cuidado para correr no mesmo passo que você, para que não escutasse meu pés... É muito fácil...

Sim... é muito fácil. Mas tinha que pensar nisso primeiro. Eu nunca teria pensado nisso. Imprudente e ainda embriagada com a brutalidade de uma ninfa, eu ri na cara dele, desafiando-o. Eu quis, tentadora, atiçar a luz amarelada e maliciosa no fundo daquelas belas íris salpicadas de cinza e cobre... Uma ameaça apareceu nelas, mas eu não cedi, teimosa como aquelas crianças insolentes que esperam, que pedem por um tapa. E o castigo veio, sob a forma de um beijo colérico, mal colocado, um beijo fracassado, enfim, que deixou minha boca castigada e decepcionada.

... São esses os instantes do dia de ontem que peso escrupulosamente, enquanto sigo pelo Boulevard des Batignolles, — não para revivê-los com prazer, nem para buscar uma desculpa. Não há desculpa alguma, exceto pelo homem a quem provoquei. "Isso não é do meu feitio!" gritava para mim mesma, mentalmente, ontem, enquanto voltávamos para onde estava Hamond, descontentes um com o outro, e desconfiados... Hum, sabe-se lá!... "Não há inimigo pior que você mesma!"... Fingir que é descuidada, fingir que é imprudente, é o que fazem, no fundo, as piores impulsivas — e eu não sou a pior das impulsivas! É preciso ser rigoroso com aquelas que exclamam "Ah, já nem sei o que estou fazendo!" e discernir na sua confusão uma boa dose de premeditação...

Não admito minha irresponsabilidade, mesmo parcial. O que vou dizer a esse homem, hoje à noite, se ele quiser me apertar em seus braços? Que não o quero, que nunca tive a intenção de lhe tentar, que é só um jogo? Que eu lhe ofereço minha amizade pelo período de um mês e dez dias, que é o que nos separa da turnê... Não! É preciso tomar partido. É preciso tomar uma decisão...

E caminho, caminho, apressando o passo a cada vez que o vidro de uma vitrine devolve minha imagem, porque sinto no meu rosto uma expressão demasiadamente teatral de determinação ansiosa, com os olhos não muito convencidos sob as sobrancelhas crispadas... Eu conheço bem esse rosto! Usa uma máscara de austeridade, de renúncia, para melhor esperar pelo pequeno milagre, um sinal de meu mestre, o Acaso, a palavra fosforecente que ele escreverá sobre a parede negra, quando eu tiver, à noite, apagado minha luminária...

Como é bom este aroma no ar, em torno desses carrinhos cheios de violetas molhadas e de narcisos brancos! Um velho com uma barba toda mofada vende lírios-da-neve inteiros, com seu bulbo coberto de terra, e a flor pendente com a forma de uma abelha. Seu perfume imita o das laranjeiras, porém mais sutil, quase imperceptível...

Vamos lá, vamos lá! É preciso tomar uma decisão! Caminho, caminho, como se já não soubesse que, apesar dos meus saltos enérgicos, dos meus escrúpulos, de toda essa penitência interior que tento me infligir, como se já não soubesse que não vou tomar *essa* decisão, mas sim a *outra*!...

Um cansaço!... Oh, mas que cansaço!... Caí no sono após o almoço, como costuma acontecer nos dias de ensaio, e acordei tão esgotada! Acordei como se voltasse do fim do mundo, espantada, triste, mal conseguindo pensar, o olhar hostil diante dos meus móveis familiares... Um pesadelo, na verdade, parecido com o mais assustador dos tempos em que sofria. Mas, já que não sofro mais, por quê?

Não consigo me mexer. Olho, como se já não me pertencesse, minha mão pendente. Não reconheço o estofo do meu vestido... Quem, enquanto dormia, me descoroou de meu diadema, que caiu na minha frente, como as tranças de uma austera e jovem Céres?... Eu estava... estava... em um jardim... O céu da cor rosa-pêssego no pôr-do-sol... uma voz infantil, aguda, que respondia aos gritos das andorinhas... Sim, e esse ruído de água à distância, ora possante, ora tranquila: o sopro da floresta... Havia retornado ao começo da minha vida. Que longo caminho percorri para me encontrar, bem aqui! Chamo de volta o sono que se foi, a escura cortina de veludo que me abrigava e que acaba de retirar-se de mim, deixando-me tremendo de frio como se estivesse nua... Os doentes que se achavam curados conhecem essa volta do mal, que os encontra puerilmente espantados e reclamosos. "Mas eu achava que tinha acabado!" Faltou pouco para eu gemer em voz alta — como eles...

Funesto e tão doce sonho, que aboliu, em menos de uma hora a lembrança de mim mesma! De onde estou retornando, e montada em que asas, para que tão lentamente aceite, humilhada, exilada, ser eu mesma? Renée Néré, dançarina e mímica... É esta a meta que prepararam minha infância orgulhosa e minha adolescência recolhida, apaixonada, que acolheu tão intrepidamente o amor?

Oh, Margot, minha amiga desanimadora, por que é que não tenho a força para levantar-me e correr para ti e te dizer... Mas o que você valoriza em mim é a coragem, e não mostrar-me fraca diante de ti. Parece-me que teu olhar viril e a pressão da tua mãozinha seca, gretada pela água fria e pelo sabão ordinário, sabem mais recompensar meu triunfo sobre mim mesma do que me socorrer em minha luta cotidiana.

E minha partida iminente? A liberdade? Pff! A liberdade só é mesmo efervescente no começo do amor, do primeiro amor, no dia em que podemos dizer, oferecendo àquele a quem amamos: "Tome! Queria ter mais para poder te dar...".

Novas cidades, novas paisagens, vistas de relance, mal tocadas, esvaindo-se na lembrança... Há novas paisagens para uma mulher que está girando em círculos como um pássaro amarrado a um fio? Meu pobre voo, que retomo todas as manhãs, não terminará a cada noite no fatal "estabelecimento de primeira classe" tão incensado por Solomon e Brague?

Já vi muitos desses teatros, "estabelecimentos de primeira classe"! Do lado da plateia: um auditório cruelmente inundado pela luz, onde a fumaça pesada vai carcomendo o dourado dos frisos. Do lado dos artistas: cubículos sórdidos, sem ar, e a escadaria de ferro levando a latrinas imundas...

Portanto, teremos, por quarenta dias, que nos sustentar diante da fadiga, da má vontade jocosa dos operadores, do orgulho férreo dos maestros provincianos, da comida insuficiente dos hotéis e estações — terei que encontrar e renovar sem cessar, em mim, essa reserva de energia tão necessária na vida dos ambulantes e dos solitários? Terei que lutar, enfim — ah, não tem como esquecer — contra a própria solidão... E para conseguir o quê? O quê? O quê?...

Quando eu era pequena, as pessoas me diziam "o esforço traz em si a recompensa" e, de fato, após a labuta, eu esperava que se seguisse uma misteriosa, acachapante, uma espécie de graça sob a qual teria sucumbido. Estou esperando até hoje...

O tilintar abafado da campainha, seguido do latido de minha cachorra, livra-me enfim de tão amargo sonho. Eis-me aqui, de pé, com a surpresa de ter saltado tão levemente sobre meus pés, de recomeçar facilmente a viver...

— Madame, disse Blandine à meia voz, o senhor Dufferein-Chautel pode entrar?

— Não... um instante...

Passar pó nas minhas faces, batom nos lábios, e dispersar com um golpe do pente os cabelos cacheados que cobrem minha testa, é uma necessidade maquinal, rápida e que não requer nem o auxílio do espelho. Fazemos isso como do jeito que lavamos as mãos, mais por convenção do que para fazer charme.

— Está aí, Dufferein-Chautel? Pode entrar. Espera, vou acender a luz...

Não sinto qualquer embaraço por voltar a vê-lo. O fato de que nossas bocas se tocaram ontem, de modo infrutífero, não me incomoda em nada nesse momento. Um beijo fracassado é muito menos grave do que uma troca cúmplice de olhares... E estou quase espantada de vê-lo com uma expressão infeliz, frustrada. Chamei-o de "Dufferein-Chautel" como de costume — como se ele não tivesse nome próprio. Sempre o chamo de "o senhor" ou "Dufferein-Chautel"... Eu tenho lá que deixá-lo à vontade? Que seja, então.

— Bem, o senhor por aqui? Como está passando?

— Vou bem, agradeço.

— Não tem a cara de quem está bem.

— É que estou triste! — nem precisava responder.

Seu Grande Paspalho!... Eu rio de sua tristeza, sua tristezinha de homem que deu um beijo ruim na mulher que ama... Sorrio de bem longe, por trás do casto rio negro onde me banhava há pouco tempo... Ofereço um vaso cheio de seus cigarros favoritos — um tabaco amarelo e adocicado que tem cheiro de pão de especiarias...

— Não fuma hoje?

— Sim, mas estou triste assim mesmo.

Sentado no divã, as costas contra as almofadas baixas, ele lança maquinalmente longos jatos de fumaça pelas narinas — quase que digo "do focinho". Fumo também, para fazer como ele. Fica melhor, com a cabeça nua, sem chapéu. As cartolas o enfeiam, e os macios, de feltro, enfeitam-no quase a ponto de parecer um rastaquera... Fuma, os olhos no teto, como se a gravidade das palavras que prepara o impedisse de lidar comigo. Seus cílios longos e brilhantes — o único adorno feminino e sensual deste rosto que peca pelo excesso de virilidade — batem frequentemente e revelam agitação, hesitação. Ouço sua respiração. Ouço também o tique-taque de meu reloginho de viagem e o exaustor de minha chaminé que o vento sacode de repente...

— Está chovendo lá fora?

— Não, disse, num salto. — Por que é que me pergunta uma coisa dessa?

— Para saber. Não saí de casa desde o almoço, não sei como está o tempo.

— Um tempo qualquer... Renée!...

Voltou a sentar, bruscamente, atirando fora seu cigarro. Ele pega as mãos e me olha de perto, de tão perto que seu rosto me parece quase grande demais, com os detalhes acentuados, os poros, o canto palpitante e úmido de seus largos olhos... Quanto amor — sim, amor — que há nesses olhos! Que pena! Como são expressivos, e doces, e inteiramente enamorados! E suas grandes mãos que apertam as minhas com uma força firme, comunicativa, como as sinto confiantes, convincentes...

É a primeira vez que deixo minhas mãos nas mãos dele. Achei que estivesse contendo minha repugnância, então o calor de suas mãos me desenganou e me persuadiu, e vou ceder ao fraternal, ao surpreendente, prazer, que ignoro há tanto tempo, de confiar-me, sem palavras, a um amigo, de me apoiar por um instante nele, de me reconfortar junto a um ser imóvel e quente, afetuoso, silencioso... Oh! Lançar meus braços no pescoço de um ser, seja cão ou homem, de um ser que me ame!...

— Renée! O que é isso, Renée, você está chorando?
— Estou?

Mas é ele que tem razão. A luz dança, em mil raios cortados e cruzados, nas minhas lágrimas suspensas. Com a ponta do lenço eu as seco prontamente, mas nem sonho em negá-las. E sorrio só de pensar que estava a ponto de chorar... Quanto tempo faz desde a última vez? Já faz... anos e anos!...

Meu amigo está perturbado, ele me puxa para si e me obriga — e não ofereço muita resistência! — a sentar ao seu lado, no divã. Seus olhos também estão úmidos, coitado! Porque este não passa de um homem, capaz de fingir uma emoção, sem dúvida, mas não de dissimulá-la...

— Minha querida menina, o que se passa com você?

O choro abafado, o choque que dou de resposta, será que um dia ele os esquecerá? Tomara... "Minha querida menina...". Suas primeiras palavras de ternura são "minha querida menina"! As mesmas palavras e quase no mesmo tom, que o do *outro*!...

Um medo infantil me arranca de seus braços, como se o *outro* acabasse de aparecer à porta, com seu bigode estilo Kaiser Guilherme II, seu olhar mentiroso e velado, e os ombros imensos e suas coxas curtas como as de um camponês...

— Renée! Minha querida! Se quiser falar comigo um pouco...

Meu amigo está pálido, e já não tenta me abraçar... Que ele continue ignorando a dor que acaba de me infligir, inocentemente! Já não tenho mais vontade de chorar. Minhas lágrimas, deleitáveis e covardes, retornam à fonte, lentamente, deixando em minha garganta e em meus olhos uma queimadura... Com um gesto, tranquilizo meu amigo, enquanto minha voz não recobra a firmeza...

— Eu a magoei, Renée?
— Não, meu amigo.

Por iniciativa própria, retomo meu lugar a seu lado, mas timidamente, com receio de que meu gesto, minhas palavras, não provoquem outra exclamação de carinho, que me seja familiar e detestável.

Seu instinto o advertiu para não aproveitar dessa docilidade imediata. Os braços que me sustentam não querem me abraçar, e eu já não volto a encontrar o comunicativo calor, perigoso e reconfortante... Ele me ama o bastante para adivinhar que, se eu repouso em seu ombro forte uma cabeça obediente, não se trata de uma concessão, mas de uma tentativa...

Minha cabeça no ombro de um homem!... Estarei sonhando? Não é sonho, nem divagação. Minha mente, meus sentidos, tudo é calmo — lugubremente calmo. No entanto, no estado de tranquilidade em que me encontro, há algo mais, algo melhor que a indiferença, e se brinco com minha mão distraída e casta com a corrente de ouro presa a seu colete, é porque sinto-me abrigada, protegida — como um gato perdido que se recolhe e que só sabe brincar ou dormir quando tem um lar...

Pobre do meu pretendente... em que estará pensando, imóvel, respeitoso do meu silêncio? Ergo o rosto para vê-lo, e logo abaixo os olhos, deslumbrada, confundida pela expressão desse homem. Ah, como o invejo por amar com tanta força, de pôr em sua paixão uma tal beleza!

Seus olhos encontraram os meus, e ele sorri heroicamente.

— Renée, você acha que poderá, um dia, me amar... Um dia, quem sabe?

— Amar você? Como eu gostaria, meu amigo! Você não tem um jeito mau, você... Você não sente que já estou a caminho de me apegar a você?

— Apegar-se a mim... É justo disso que tenho medo, Renée: este não é de modo algum o caminho que leva ao amor...

Ele está tão profundamente certo que não contesto.

— Mas... espere... nunca se sabe... Talvez, quando eu voltar da minha turnê... E depois, enfim, uma grande, grande amizade...

Ele sacode a cabeça. Sem dúvida, minha amizade não lhe serve para nada. Por mim, eu ficaria bem contente de ter um amigo, um amigo menos velho, menos *acabado* que Hamond, um verdadeiro amigo...

— Quando você voltar... Primeiro, se você tivesse esperança de me amar um dia, Renée, você nem pensaria em afastar-se de mim. Em dois meses ou agora mesmo, vai ser a mesma Renée que me estende suas mãozinhas frias, com os olhos que não deixam meu olhar entrar, e com essa boca que, mesmo se oferecendo, não se doa...

— Isso não é minha culpa... Mas aqui está minha boca... tome-a.

Repouso minha cabeça sobre seu ombro, e fecho os olhos, mais resignada que curiosa, e logo os torno a abrir ao fim de um segundo, espantada por ele não ter se precipitado, com a gula sôfrega de ontem... Ele apenas virou-se um pouco para mim, e me aninha comodamente em seu braço direito. Então ele junta minhas mãos com sua mão livre e as abaixa, e o vejo se aproximar, esta séria figura estranha, este homem que conheço tão pouco...

Quase não resta espaço, quase não há ar entre nossos dois rostos, e respiro bruscamente, como se me afogasse, com um salto para me desembaraçar. Porém, ele segura minhas mãos e aperta seu braço em torno da minha cintura. Tento inutilmente jogar para trás minha nuca, no momento em que a boca de Maxime espera pela minha...

Não fechei os olhos. Aperto as sobrancelhas para ameaçar acima de mim esses olhos que tentam reduzir, apagar os meus. Porque os lábios que me beijam, suaves, frescos, impessoais, são bem os mesmos de ontem, e sua ineficiência me irrita... Súbito, eles mudam, e já não reconheço o beijo, que se anima, insiste, para e retoma, se faz movente, ritmado e logo estanca como se esperando uma resposta que não vem...

Movo imperceptivelmente a cabeça, por causa do bigode que arranha minhas narinas, com um perfume de baunilha e tabaco doce... Oh! De repente... sem eu me dar conta... minha boca deixa-se abrir, está aberta, tão irresistivelmente como uma ameixa madura que se arrebenta ao sol... Dos meus lábios até minhas laterais, até os joelhos, eis que renasce e se propaga esta dor exigente, desse inchaço de uma ferida que só quer reabrir e alargar — o desejo esquecido.

Deixo o homem que me despertou beber o fruto que ele espreme. Minhas mãos, que até há pouco estavam rígidas, abandonam-se cálidas e molengas em sua mão, e meu corpo inclinado procura encaixar-se no dele. Dobrada nos braços que me seguram, afundo-me um pouco mais em seus ombros, aperto meu corpo contra o dele, atenta a não deixar desgrudarem nossos lábios, atenta a prolongar confortavelmente nosso beijo.

Ele compreende e aquiesce, com um pequeno grunhido de felicidade... Confiante enfim de que não vou fugir, é ele que se descola de mim, respira e me contempla, mordendo sua boca molhada. Deixo minhas pálpebras tombarem, não preciso mais vê-lo. Talvez ele vá tirar minhas roupas e tomar posse de mim agora mesmo... Não importa. Uma alegria irresponsável e preguiçosa me banha... Nenhuma pressa, apenas a de que esse beijo recomece. Temos todo o tempo... Com orgulho meu amigo me pega nos seus braços, como um ramalhete, para me acomodar no divã, onde se junta a mim. Sua boca tem o gosto da minha, agora, com a ligeira fragrância de meu pó-de-arroz... Ela quer se fazer nova, essa boca sábia, e variar ainda mais as carícias — mas já ouso indicar minha preferência por um beijo quase imóvel, longo, tranquilo — a lenta fusão, uma contra a outra, de duas flores, onde vibra somente a palpitação de dois pistilos acasalados...

Agora repousamos. Uma longa trégua, para recuperarmos o fôlego. Dessa vez fui *eu* que o *deixei*, e fiquei de pé, precisando estirar os braços, esticar o corpo, ficar mais alta. Peguei, para reajustar meus cabelos e olhar para minha nova expressão facial, o espelho, e rio ao nos ver, os dois, com rostos sonolentos, esses lábios trêmulos, brilhantes, um tanto inchados. Maxime permaneceu no divã, e seu chamado sem palavras recebe a mais lisonjeira das respostas: meu olhar de cachorra submissa, um tanto cabisbaixa, um pouco alquebrada, muito mimada, e que aceita tudo — a trela, a coleira, o lugar aos pés do seu dono...

Ele se foi. Jantamos juntos, do jeito que deu: Blandine fez costeletas com molho, com picles... eu estava morrendo de fome. "E o amor a tudo nos satisfaz, exceto...", ele disse, para mostrar que havia lido Verlaine.

O fim do jantar não nos lançou nos braços um do outro, e não somos amantes, porque ele é pudico, e os ímpetos me desagradam... Mas estou sim comprometida e me engajei alegremente, sem teatro ou flerte.

— Teremos todo o tempo do mundo, não é, Max?

— Nem tanto, querida! Sinto-me tão velho agora que tenho que esperar por você...

Tão velho... ele nem sabe *minha* idade.

Ele se foi, e voltará amanhã... Ele não conseguia se separar de mim, e tive medo de fraquejar, então o segurei com meus braços estendidos... Eu estava com calor, e ele me fungava afoito, como se estivesse para me morder... Por fim, ele se foi. Digo "por fim", porque vou poder pensar a respeito dele, a respeito de nós...

"Amor", ele disse. Será que é amor? Eu gostaria de ter certeza. Será que eu o amo? Minha sensualidade me deu medo; — mas e se tudo não tiver passado de uma crise, um jorro de minha força que há tanto tempo é contida, para, depois, eu perceber que o amo? Sim, eu o amo, sem dúvida... Se ele voltasse e batesse à minha janela... Sim, certamente o amo. Eu me vergo, emocionada, para as lembranças de certas entonações que ele usou hoje — o eco de seu gemidinho amoroso basta para me fazer perder o fôlego — e, depois, como ele foi bom, e forte, e reconfortante à minha solidão quando pus minha cabeça em seu ombro!... Sim, claro, eu o amo! Quem foi que me deixou assim tão receosa? Eu não fazia tantas ponderações na época em que...

Em que túmulo meu pensamento acabou, imprudentemente, de tropeçar? É tarde demais para fugir — voltei a encontrar mais uma vez minha conselheira sem piedade, aquela que me fala do outro lado do espelho...

"Você não fazia tantas ponderações quando o Amor, caindo sobre você, a encontrou tão louca e tão corajosa! Você não ficou se perguntando, naquele tempo, *se era mesmo o amor*! Você não tinha como se enganar: era ele, o amor, o *primeiro amor*. Era ele, e nunca mais será ele de novo! Sua simplicidade de menina não hesitou em reconhecê-lo, e você não lhe negou nem seu corpo, nem seu coração infantil. Foi ele, aquele que não se anuncia, que não escolhemos, que não discutimos. E nunca mais será ele de novo! Ele tomou o que você só pode lhe dar uma única vez: sua confiança, seu êxtase sagrado com a primeira carícia, a novidade de suas lágrimas, a flor do seu primeiro sofrimento!... Ame, se puder; o amor lhe será sem dúvida concedido, para que, no melhor de sua pobre felicidade, você se lembre mais uma vez que nada importa, no amor, que não seja o primeiro amor — para que você saiba, a cada instante, o castigo da lembrança, o horror da comparação! Mesmo que você diga "ah! Este aqui é melhor!", vai sofrer ao compreender que nada é bom se não for único! Há um Deus que diz ao pecador: 'Não me buscarás se já não tiver me encontrado...' Mas o amor não tem tanta misericórdia: 'Tu, que me encontraste uma vez, disse, tu não me perderás jamais!' Achava que, quando o perdeu, sofreu tudo o que havia para sofrer? Não acabou! Saboreie, enquanto tenta ressuscitar aquela que você foi um dia, sua degradação; sorva, a cada celebração de sua nova vida, o veneno servido pelo primeiro, pelo seu único amor!...".

Vou ter que falar com Margot, confessar a ela o que aconteceu, esse raio de sol que deixou minha vida em brasa... Porque, de fato, nos amamos. É um fato e, além disso, estou decidida. Mandei para o inferno todas as minhas lembranças-arrependimentos e minha mania, como eu sempre digo, do filigrana sentimental, e todos os meus "se", meus "porquês", meus "mas", meus "no entanto"...

Vemo-nos a toda hora, ele me conduz e me atordoa com sua presença, impede-me de pensar. Ele decide, quase chega a ordenar, e eu lhe entrego, ao mesmo tempo, minha liberdade e meu orgulho, já que tolero que cheguem a minha casa uma abundância extravagante de flores, de frutas do verão seguinte — e carrego, ao pescoço, uma flecha cintilante, como que espetada em minha garganta, toda sangrante em rubis.

E, no entanto, não somos amantes! Agora paciente, Max impõe a si mesmo e a mim protocolos que são estranhamente deprimentes e que, em menos de uma semana, já nos deixou um pouco magros e lânguidos. Não é uma depravação da parte dele, é a vaidade de um homem que quer ser desejado e, ao mesmo tempo, me permitir, pelo tempo que eu desejar, um falacioso "livre arbítrio"...

Não me restam assim grandes coisas a desejar, de qualquer jeito. E tudo o que tenho para temer é esse ardor desconhecido que emanou de mim e que está sempre selvagemente pronto a lhe obedecer... Sim, ele tem razão em retardar a hora em que estaremos, de fato, juntos. Estou ciente do meu valor e da magnificência da dádiva que ele vai receber. Vou superar suas expectativas mais delirantes, tenho certeza! Ele que vá bicando um pouco sua fruta, se quiser...

E ele o quer com frequência. Para meu prazer e minha inquietação, o Acaso pôs, neste moço grande de uma beleza simples e simétrica, um amante sutil, feito só para a mulher, e tão adivinhador que sua carícia parece sincronizada com meu desejo. Ele me faz lembrar — e fico corada — o que disse uma camarada de *music hall* fogosa quando falava das vantagens de um novo amante: " meu bem, eu mesma não conseguiria fazer melhor!".

Mas... terei que informar Margot! Pobre da Margot, esqueci-me dela... Quanto a Hamond, desapareceu. Graças a Max, ele está ciente de tudo, e se mantém afastado como um parente discreto...

E Brague! Oh! A cara que ele fez no nosso último ensaio! Foi com sua mais bela careta de Pierrot que me recebeu quando cheguei no automóvel de Max, mas ele ainda não disse nada. Até demonstrou uma cortesia singular e não merecida porque eu estava, nessa manhã, desajeitada, distraída, dada a enrubescer e a pedir desculpas. Até que finalmente explodiu:

— Vá embora! Volte para ele! Vá se encher com ele e não volte aqui até que esteja cheia!...

Quanto mais eu ria, mais ele me fulminava, parecendo um diabinho asiático:

— Pode rir, pode rir. Se você visse a sua cara agora!

— Minha ca...!

— Está com cara de quem quer, de quem está pedindo! Não levante os olhos para mim, Messalina!... Olhem pra ela, gritou, conclamando deuses invisíveis como testemunhas, está exibindo esses olhões em plena luz do dia! E quando é a cena de amor da *Dryade*, que é quando mais precisa carregar na expressão e me molhar com o choro, ela fica parecendo uma menininha na primeira comunhão!

— Acha que dá para se ver mesmo? — perguntei a Max, que me levava de volta para casa.

O espelho — o mesmo que refletiu, na outra noite, minha gloriosa figura de derrotada — enquadra uma expressão esbelta com o sorriso desafiador de uma raposa amável. Não sei que chama é esta, mas ela passa e repassa, embelezando-me, se posso dizer assim, com uma juventude cansada...

Então vou confessar tudo a Margot: minha recaída, minha felicidade, o nome de quem eu amo... não vai ser fácil. Margot não é o tipo de mulher que fala "eu te disse!", mas sinto que vou, mesmo que ela não demonstre, entristecê-la, desapontá-la. "Gata escaldada, você está voltando para a caldeira!". É verdade, estou voltando, e com que disposição!

Encontro Margot irretocavelmente parecida consigo mesma no grande ateliê onde dorme, alimenta-se e cria seus cachorros da raça brabançon. Alta, ereta, vestindo blusa moscovita e um longo vestido negro, ela inclina seu pálido rosto de bochechas romanas, seus rudes cabelos grisalhos cortados acima das orelhas, sobre um cesto onde um filhotinho amarelado, um minúsculo cachorro em camisa de flanela que ergue para ela um focinho de boneco encurvado, com belos olhos pidões como os de um esquilo... Ao redor de mim estão latindo e saltitando seis animaizinhos atrevidos, que um estalar da coleira faz disparar para seus nichos de palha.

— Como assim, Margot, mais um brabançon? Isso já é uma paixão!

— Ah, por Deus, não!, disse Margot, que se senta à minha frente, aninhando o animal doente em seu colo.

— Eu não amo essa pobrezinha.

— Você a ganhou de alguém?

— Não, eu a comprei, naturalmente. Isso vai me ensinar a nunca mais passar diante do vendedor de cães, aquele pilantra do Hartmann. Se você tivesse visto essa cadela brabançon na vitrine, com sua cara de ratinha doente e as costelas aparecendo como um rosário, e, acima de tudo, esses olhos... Não há nada que me emocione tanto, você sabe, quanto o olhar de um cachorro à venda... Então eu a comprei. Ela está meio acabada com enterite, isso não dá para ver na loja: eles dopam os cães com ácido cacodílico... Mas me diga, minha filha, já faz um bom tempo que não a vejo: está trabalhando?

— Sim, Margot. Estou ensaiando...

— Dá para ver. Está com cara de cansada.

Ela pega meu queixo, com um gesto familiar, para me ver de perto. Incomodada, eu fecho os olhos...

— Sim, está cansada... Você envelheceu, disse, com um tom de voz profundo.

— Envelheci!... Oh! Margot!

Todo meu segredo escapa nesse grito de dor, com um jorro de lágrimas. Refugio-me em minha austera amiga, que faz carinho em meu ombro, com o mesmo "pobrezinha!" com que ela confortava a toda hora a brabançon doente...

— Ora, vamos, vamos, pobrezinha, vamos... vai passar. Tome: aqui tem água boricada para lavar seus olhos. Acabei justamente de usar nos olhos da Mirette. Mas não com o lenço! Pegue esse algodão... Ali!... Pobrezinha, você está mesmo precisando de toda sua beleza, agora?

— Oh, sim... oh! Margot...

— "Oh! Margot!" Parece até que te bati! Olha para mim! Está chateada comigo, pobrezinha?

— Não, Margot...

— Você sabe muito bem, continuou ela com o tom suave e regular, que na minha casa você encontra todo tipo de auxílio, mesmo o mais doloroso: a verdade... O que foi que te disse? Eu disse "você envelheceu...".

— Sim! Oh! Margot...

— Ora, vamos, não recomece! Você envelheceu *esta semana*! Envelheceu *hoje*! Amanhã ou daqui a uma hora, você terá menos cinco anos, menos dez anos... Se tivesse vindo ontem, ou amanhã, eu teria dito, sem dúvida, "Olha, você rejuvenesceu!".

— Imagina então, Margot. Já tenho trinta e quatro anos!
— E está se queixando? Eu tenho cinquenta e dois.
— Não é a mesma coisa. Margot, eu preciso tanto ser bonita, ser jovem, ser feliz... Tenho... Eu...
— Você tem um amante?
Sua voz continua doce, mas a expressão de seu rosto mudou ligeiramente.
— Eu não tenho um amante, Margot! Só que, sem dúvida que... vou ter um. Mas... eu o amo, sabe?
A tola desculpa perturba Margot.
— Ah! Você o ama?... E ele, também a ama?
— Oh!
Com um gesto orgulhoso, eu livro meu namorado de quaisquer suspeitas.
— Tudo bem. E quantos anos ele tem?
— Tem a minha idade, Margot: uns trinta e quatro anos.
— Está... está bem.
Não encontro nada a acrescentar. Estou incomodada. Esperava que, depois do primeiro embaraço, poderia tagarelar sobre minha alegria, contar-lhe tudo sobre meu amigo, a cor de seus olhos, a forma de suas mãos, sua bondade, sua honestidade...
— Ele... ele é muito gentil, sabe, Margot?..., arrisquei, timidamente.
— Que bom, minha filha. Vocês têm projetos de ficar juntos?
— Projetos? Não... Ainda não pensamos nisso... Temos muito tempo.

— É justo: temos muito tempo... E a turnê, o que vai acontecer com ela?
— Minha turnê? Bem! Não vai mudar nada.
— Você vai levar seu... seu indivíduo?
Não consegui, mesmo molhada de lágrimas, conter o riso: Margot designa meu amigo com uma discrição enojada, como se falasse de alguma coisa de sujo!
— Vou levá-lo, vou levá-lo... quer dizer... Na verdade, Margot, ainda não sei. Vou ver...
Minha cunhada ergue as sobrancelhas:
— Você não sabe de nada! Você nao tem projeto algum! Você vai ver!... Vocês são um espanto, juro por Deus! No que está pensando? Só tem uma coisa que você tem que fazer: fazer projetos, preparar seu futuro!
— O futuro... Oh, Margot, não gosto dele. Preparar o futuro! Brr... ele se prepara muito bem sozinho, e chega tão rápido...
— Trata-se de um casamento, ou de uma "amigagem"?
Não respondo de imediato, incomodada, pela primeira vez, pelo vocabulário um tanto cru da casta Margot...
— Não se trata de nada... Estamos nos conhecendo, os dois, estamos nos aprendendo.
— "Nos aprendendo"!
Margot me observa, a boca plissada, com uma alegria cruel em seus olhinhos luminosos.
— "Nos aprendendo!"... Estou vendo: é aquele período em que fica um desfilando para o outro, hein?
— Te garanto, Margot, que não estamos desfilando, digo forçando o sorriso. — Esse jogo é bom para os

jovens amantes e nós não somos mais, nem ele nem eu, jovens amantes.

— Mais uma razão!, replica Margot, impiedosa. — Vocês têm mais coisas a esconder um do outro... Minha filha, acrescentou docemente, você sabe que essa minha mania é lá ridícula. O casamento me parece uma coisa tão monstruosa! Já não a fiz rir muitas vezes contando que, nos primeiros dias como esposa, eu recusei a dividir o quarto com meu marido porque eu achava imoral viver tão perto de um jovem que não era da família? Eu nasci assim, o que se vai fazer? Não vou me corrigir... Você não trouxe Fossette hoje?

Faço, assim como Margot, um esforço para me alegrar:

— Não trouxe, Margot. Sua matilha não a recebeu bem da última vez!

— É verdade. Minha matilha não está lá brilhante. Venham, seus aleijados!

Eles não esperam ser chamados duas vezes. De uma fileira de nichos surge uma tropa chacoalhante e miserável de meia dúzia de cães, o maior deles caberia num chapéu. Conheço quase todos, salvos por Margot do "vendedor de cães", arrancados desse comércio imbecil e maligno que mete, em vitrines, animais doentes, empanturrados ou famintos, dopados... Alguns deles voltaram a ser, na casa de Margot, animais saudáveis, alegres, robustos; mas outros vão ficar para sempre com o estômago arruinado, a pele bixiguenta, uma histeria indelével... Margot cuida deles o melhor que pode, desanimada por pensar que sua caridade não serve a nada e que haverá eternamente "cachorros de luxo" à venda...

A cadela doente dormiu. Não encontro nada para dizer... Olho para o grande quarto que tem sempre um jeito de enfermaria, com suas janelas sem cortinas. Sobre uma mesa alinham-se as ampolas de farmácia, os rolos de gaze, um termômetro minúsculo, uma pequenina pera de borracha para lavagens retais dos cachorros. Tem cheiro de iodo e de creolina... Tenho subitamente vontade de ir embora, de reencontrar — agora mesmo — minha "choupana" estreita e quente, com o divã, as flores e o amigo que amo...

— Adeus, Margot. Já vou indo.
— Vá, minha filha.
— Não está chateada comigo?
— E por que estaria?
— Por eu ser assim tão doida, ridícula, apaixonada, enfim... Eu tinha me prometido tanto...
— Chateada contigo? Pobrezinha, isso seria muita maldade da minha parte!... Um novo amor... Deve estar agoniada... Pobrezinha!...

Tenho pressa de voltar para casa. Sinto-me gelada, contraída, e tão triste!... De qualquer modo, ufa! Foi feito: disse tudo a Margot. Recebi a ducha que esperava, e corro para me secar, pôr para fora, desabrochar junto ao fogo... meu véu, abaixado, esconde os traços da minha tristeza, e eu corro... corro na direção dele!

— Monsieur Maxime está aqui aguardando a Madame.

Pois que minha ama Blandine agora diz "Monsieur Maxime", de forma amorosa, como se falasse de um filho.

Ele está aqui!

Atiro-me no quarto e me fecho: ele não pode ver meu rosto! Rápido! O pó-de-arroz, o rímel, o batom... Oh, ali, sob os olhos, a cova tenra e nacarada... "Você envelheceu..." Estúpida, fui chorar como uma menininha! Não aprendi ainda a "sofrer a seco"? Onde está o tempo das minhas lágrimas reluzentes, que rolavam sem molhar minhas faces aveludadas? Para reconquistar meu marido, eu sabia como usar minhas lágrimas como adorno, quando chorava diante dele, o rosto erguido, os grandes olhos abertos, afastando mas sem secar aquelas lentas pérolas que me faziam mais bela... Pobre de mim!

— Está aqui enfim, minha querida, minha perfumada, minha apetitosa, minha...

— Nossa, como você é bobo!

— Sim! Sim!, suspira meu amigo com convicção extasiada.

E se lança à sua brincadeira favorita, que é de me levantar em seus braços até quase tocar o teto, e ele me beija as faces, o queixo, as orelhas, a boca. Debato-me, tanto que ele tem que mostrar sua força. Nossa luta termina com vantagem para ele, que me vira completamente sobre seus braços, a cabeça embaixo e os pés no ar, até que eu grito "socorro!" e ele me recoloca de pé. A cachorra vem me defender, e a brincadeira rude, que me dá prazer, vira uma mistura de latidos roucos, de gritos e risadas...

Ah! Como é boa essa bobagem saudável! O alegre camarada que tenho aqui, tão despreocupado em parecer esperto como em desajeitar sua gravata!... Como é caloroso aqui, e como nossa risada, como a dos cavaleiros que se enfrentam, muda rapidamente em desafio voluptuoso! Ele devora-a, sua mulher "apetitosa", ele a saboreia lentamente, como um *gourmet*...

— Como você seria gostosa de devorar, minha querida!... Sua boca é adocicada, mas seus braços, quando mordo, são salgados, um pouquinho, e seu ombro e seus joelhos... Tenho certeza que você é salgada, da cabeça aos pés, como uma conchinha fresca, não é?...

— Você vai descobrir, não falta muito, Grande Paspalho!

Pois que eu ainda o chamo de "Grande Paspalho", porém com outra entonação...

— Quando? Hoje à noite? Hoje é quinta-feira, não é?
— Acho que sim... sim... por quê?
— Quinta feira... é um ótimo dia...

Ele fala essas bobagens, bem contente, recostado entre as almofadas desarrumadas. Uma mecha de cabelo lhe cai sobre a vista, tem esses olhos vagos como quando tem crises de desejo, e entreabre a boca para respirar. Um belo rapaz camponês, um lenhador que tira a *siesta* sobre a relva, é isso que ele volta a ser — e eu não me importo nada — a cada atitude relaxada...

— Levante, Max. Temos que falar sério.
— Não quero que me deixe triste!, suspira queixoso.
— Vamos, Max...
— Não! Eu sei o que isso quer dizer, "falar sério"... é o que mamãe diz sempre que ela quer falar dos negócios, do dinheiro, ou de casamento!

Ele se afunda nas almofadas e fecha os olhos. Não é a primeira vez que ele demonstra essa frivolidade teimosa...

— Max! Está lembrado de que vou partir no dia 5 de abril?

Ele entreabre suas pálpebras com compridos cílios femininos e me concede uma longa espreitada:

— Vai partir, querida? E quem então decidiu isso?
— Salomon, o empresário, e eu.
— Bem, mas ainda não dei meu consentimento... Enfim, que seja. Você vai partir. Muito bem: vai partir comigo.
— Partir contigo!, digo, assustada... — Por acaso não sabe o que é uma turnê?
— Sei. É uma viagem... comigo!

Repito:
— Contigo? Por quarenta e cinco dias? Você não tem mais o que fazer?
— Não tenho! Desde que te conheci, nunca mais tive um minuto para mim, Renée.

Foi uma resposta gentil, mas...

Contemplo, desconcertada, este homem que não tem nada a fazer, que acha dinheiro em seus bolsos a toda hora... Ele não tem nada a fazer, é verdade, não tinha me tocado! Não tem profissão: nem mesmo um cargo público de fachada disfarça sua liberdade ociosa... Que estranho! Nunca conheci, antes dele, um homem desocupado... Ele pode dedicar-se por inteiro, dia e noite, ao amor, como... como uma puta...

Essa ideia barroca, a de que, de nós dois, é ele o cortesão, me causa uma brusca alegria, e suas sobrancelhas, suscetíveis, se juntam...

— O que você tem? Está rindo?... Então não vai partir mais!

— Olhe que então! E a multa por cancelar o contrato?

— Eu pago.

— E a do Brague? E a do Velho Troglodita?

— Eu pago.

Mesmo que seja uma brincadeira, não estou achando muita graça. Será que posso ainda duvidar do nosso amor? Estamos à beira da primeira briguinha!...

Mas me enganei, pois cá está meu amigo, junto a mim, quase a meus pés.

— Minha Renée, você fará o que quiser fazer, sabe bem disso!

Porém, ele pousou a mão sobre minha testa, e seus olhos estão fixos nos meus, para neles ler a obediência... O que eu quiser?

Que pena! Agora mesmo só o que quero é ele!

— É a *Emprise* que vocês vão apresentar, na turnê?

— Vamos montar a *Dryade* também... Ah, que bela gravata violeta você está usando! Ela deixa você todo amarelo!

— Deixa a minha gravata para lá! *Emprise*, *Dryade*, tudo isso, são só pretextos para mostrar suas belas pernas, e o resto!

— Do que está reclamando? Não foi no palco que o "resto" teve a honra de lhe ser apresentado?

Ele me abraça tão forte que chega a doer:

— Quieta! Lembro sim! Todas as noites, durante cinco dias, disse a mim mesmo coisas penosas, e a cada vez, achei que eram definitivas. Sentia-me um estúpido por ir ao "Emp'Clich'", como você diz, e quando você saía de cena, eu ia embora, me maldizendo. E depois, no dia seguinte, eu me fazia um juramento covarde: "esta é a última vez que me verão nessa espelunca! Mas eu queria conferir as nuances dos olhos de Renée Néré e depois, ontem, não consegui chegar no começo". Enfim, eu já era idiota!

— "Já era idiota"! Você tem jeito com os eufemismos, Max! Me parece tão estranho que alguém possa ficar fascinado por uma mulher só de olhá-la...

— Isso depende da mulher que se está olhando. Você não sabe nada sobre isso, Renée Néré... Imagine: passei pelo menos uma hora, depois de te ver na pantomima do *Emprise* pela primeira vez, rascunhando um diagrama do seu rosto. Consegui, e repeti não sei quantas vezes, nas margens de um livro, um desenhinho geométrico que só eu sei ler... Havia também, durante a pantomima, um minuto em que você me enchia de uma alegria insuportável: foi quando você lia, sentada sobre a mesa, a carta ameaçadora do homem que você estava enganando. Sabe? Você dava um tapa na coxa, enquanto rolava de rir, e dava para ouvir que sua coxa estava nua sob seu vestido leve. Você fazia o gesto de um jeito robusto, como uma jovem peixeira, mas seu rosto ardia de uma maldade tão aguda e tão fina, tão superior a seu corpo acessível... Lembra-se?

— Sim, sim... foi assim... Brague ficou satisfeito comigo, nessa cena... Mas isso, Max, é admiração, é desejo! Isso virou amor, depois?

Ele me olha, muito surpreso:

— Virou? Nunca pensei nisso. Eu já te amava, sem dúvida, desde aquele momento. Há muitas mulheres mais bonitas que você, mas...

Ele exprime, com um movimento das mãos, tudo o que há de incompreensível, de irremediável no amor...

— Max, e se, no entanto, no lugar dessa mulherzinha classe média como eu, você tivesse se deparado com uma pirralha habilidosa e cruel como o inferno? Não teve medo disso acontecer?

— Isso nunca me ocorreu, disse, às gargalhadas. — Que ideia maluca. Não pensamos em tantas coisas, quando estamos amando, ora!

Ele diz coisas assim, que me castigam, eu que penso em tantas coisas!

— Pequena, ele murmura, por que é que você trabalha no café-concerto?

— Grande Paspalho, por que você não trabalha com marcenaria? Não me responda dizendo que é porque tem dinheiro para não ser, disso eu já sei! Mas eu, o que quer que eu faça? Costureira, datilógrafa, rodar bolsinha? O *music hall* é a profissão dos que não aprenderam nenhuma.

— Mas...

Do tom da sua voz, percebo que ele vai dizer algo sério e embaraçoso. Ergo minha cabeça, que estava pousada em seus ombros, e observo com atenção este rosto com um nariz reto e duro, suas sobrancelhas selvagens que abrigam olhos afetuosos, seu bigode espesso onde se esconde uma boca pequena, com lábios habilidosos...

— Mas, querida, você não precisa mais do *music hall*, já que estou aqui, e que...

— Xii!

Mando-o calar, estou agitada, quase assustada. Sim, ele está aqui, pronto e disposto a qualquer generosidade. Mas isso não me diz respeito, eu não quero que isso me diga respeito. Não consigo tirar uma conclusão pessoal do fato de que meu amigo é rico. Não consigo conferir-lhe, no meu futuro, o lugar que ele ambiciona. Isso vai acontecer, sem dúvida. Vou me acostumar. Agora não lhe peço mais do que colar minha boca à sua e de experimentar, adiantado, que eu pertenço a ele, e ainda assim não consigo associar sua vida à minha. Se ele anunciasse "vou me casar!", acho que responderia, educadamente, "meus parabéns", enquanto pensava, lá no fundo, "isso não é da minha conta". E, no entanto, há duas semanas, eu não gostava nada do jeito que ele descrevia, tão benevolente, a pequena Jadin...

Complicações sentimentais, chiliques, implicâncias, solilóquios mentais... Deus, como sou ridícula! No fundo, não seria mais honesto, e mais digno, da parte de uma pessoa apaixonada, responder-lhe simplesmente

"Claro, você está aqui! Já que nos amamos um ao outro, é a você que peço tudo, e só é puro o pão que me vier de suas mãos".

Isso que eu penso está muito bem. Eu deveria dizer em voz alta, em vez de me calar com ternura, esfregando minha bochecha contra a bochecha barbeada de meu amigo, que é macia como uma pedra pomes bem suave.

Meu velho amigo Hamond está teimando, há tantos dias, em permanecer em casa, alegando reumatismo, gripe ou um trabalho atrasado, que tive que convocá-lo a vir a minha casa. Ele não demorou a vir, e sua cara, discreta como a de um parente que visita recém-casados, duplicou minha alegria em vê-lo.

Eis-nos aqui, em um *tête-à-tête* afetuoso, como antigamente...

— Como antigamente, Hamond! E, no entanto, quanta coisa mudou!

— Graças a Deus, minha criança! Será que você vai ficar feliz enfim?

— Feliz?

Encaro-o com um espanto sincero.

— Não, não vou ficar feliz. Nem sonhei com isso. E por que seria feliz?

Hamond estala a língua: é sua maneira de me dar uma bronca. Ele acha que tive um acesso de depressão.

— Vamos lá, Renée... Então as coisas não vão lá tão bem?

Caio na gargalhada:

— Vão sim, Hamond! Vão bem até demais! Estamos começando, receio, a nos adorar!

— E então?

— E então... Acha que isso tem como me fazer feliz?

Hamond não consegue evitar o sorriso, e é a minha vez de ser melancólica:

— Em que tormentos você me atirou de novo, Hamond? Porque foi você, confesse, foi você... Tormentos, acrescento em voz baixa, que eu não trocaria pelas melhores alegrias.

— Ah!, exclama Hamond, aliviado. — Ao menos você foi resgatada daquele passado que ainda estava te azedando! Já não aguentava mais, sério, vê-la assombrada, desconfiada, encolhida na lembrança e no medo de Taillandy! Perdoe-me, Renée, mas eu teria feito até as piores coisas para lhe conseguir um novo amor!

— Verdade! Você acredita que um "novo amor", como disse, destrói a lembrança do primeiro ou... a ressuscita?

Desconcertado pela pressão na minha pergunta, Hamond não sabe o que dizer. Mas ele foi logo pôr, tão atabalhoadamente, o dedo na minha ferida!... Além disso, ele não passa de um homem: ele não sabe o que é. Ele deve ter se apaixonado tantas vezes: ele já nem sabe... Sua consternação me deixa com pena:

— Não, meu querido amigo, não estou feliz. Estou... melhor ou pior que isso. Só que... não faço ideia de aonde estou indo. Preciso te dizer isso, antes de tornar-me de fato a amante de Maxime...

— Ou mulher dele!

— Mulher dele?

— E por que não?

— Porque eu não quero!

Minha resposta precipitada adiantou-se a meu raciocínio — o animal salta longe da armadilha mesmo antes de vê-la...

— Não tem importância. De qualquer jeito, diz Hamond de modo negligente, dá na mesma.

— Você acredita que seja a mesma coisa? Para você, talvez, e para muitos homens. Mas, para mim? Lembre-se, Hamond, do que foi para mim o casamento... Não, não estou falando das traições, não me entenda errado! Estou falando da domesticação conjugal, que faz de tantas esposas uma espécie de *babá* para adultos... Ser casada, é... como vou dizer? é temer que a costeleta do Senhor tenha passado do ponto, que a água com gás esteja gelada demais, a camisa mal passada, o colarinho frouxo, o banho fervente — é assumir o papel exaustivo de intermediária-tampão entre o mau humor do Senhor, a avareza do Senhor, a glutonice do Senhor, a preguiça do Senhor...

— Está se esquecendo da luxúria, Renée, interrompe Hamond, com suavidade.

— Não estou esquecendo isso coisíssima nenhuma!... O papel de mediadora, estou dizendo, entre o Senhor e o resto da humanidade. Você não tem como saber, Hamond, você foi casado por tão pouco tempo! O casamento é... é... "Dá nó na minha gravata!... Manda a empregada embora!... Corta as unhas do meu pé... Levanta e vai me fazer um chá de camomila... Prepara um escalda-pés pra mim...". É "Me traz meu terno novo, e faz minha mala, para que possa correr e me encontrar com *ela*..." Uma governanta, enfermeira, babá — chega, chega, chega!

Acabo rindo de mim e da figura escandalizada de meu velho amigo:

— Meu deus, Renée, você me deprime com essa sua mania de generalizar! "Na tal província, todas as amas são ruivas!" Nem todas as mulheres casam-se só com Taillandys! E juro que, da minha humilde parte, eu ficaria com vergonha de pedir a uma mulher que fizesse um desses serviços que... Muito pelo contrário!...

Bato palmas:

— Lindo! Bom saber disso! "Muito pelo contrário"... Estou certa que não tinha ninguém igual a você quando se tratava de amarrar os cadarços da bota dela, ou de apertar os fechos da saia! Que pena! Nem todo mundo pode se casar com Hamond!...

Depois de um silêncio, retomei, com sincero cansaço:

— Deixe-me "generalizar", como você disse, apesar de eu ter uma única experiência, da qual ainda me sinto arrasada. Já não sou tão jovem, nem tão entusiástica, nem tão generosa para recomeçar o casamento — a vida a dois, se preferir. Deixe-me aguardar — enfeitada, ociosa, sozinha em meu claustro — pela vinda daquele que me escolheu para seu harém. Dele, eu só quero saber de sua ternura e do seu ardor — do amor, enfim, só quero mesmo o amor.

— Conheço muita gente, disse Hamond após um silêncio, que chamaria esse tal "amor" de "libertinagem".

Dou de ombros, irritada de ser tão mal compreendida:

— Isso mesmo, insiste Hamond, libertinagem! Mas para mim, que a conheço... um pouco, prefiro conjecturar que você tem um desejo infantil pelo quimérico, pelo irrealizável: o casal apaixonado, confinado a um quarto quentinho, isolado por quatro paredes do resto do mundo... é o sonho comum de uma menina que muito ignora as coisas da vida...

— Ou de uma mulher já madura, Hamond!

Ele protesta, com um gesto evasivo e educado, e se esquiva de uma resposta direta:

— Em qualquer dos casos, minha cara criança, não se trata de amor.

— E por quê?

Meu velho amigo atira fora seu cigarro, com um gesto quase impetuoso:

— Porque é! Você mesma acabou de dizer: "o casamento é para a mulher uma domesticação consentida, dolorosa, humilhante: o casamento é 'dá um nó na minha gravata, me prepara um escalda-pés, cuida das minhas costeletas, aguenta meu mau humor e minhas traições'". Você deveria ter dito "amor", e não "casamento". Porque é só o amor que torna fácil, alegre e gloriosa a servidão que você descreveu! Você a detesta agora, você a rejeita, você a vomita, porque você não ama mais Taillandy! Lembre-se do tempo quando, pelo poder do amor, a gravata, o escalda-pés, a camomila tornavam-se símbolos sagrados, reverenciados e maravilhosos. Lembre-se do seu papel miserável! Eu costumava tremer de indignação quando ele a fazia de cúmplice, quase como uma alcoviteira, entre ele e suas namoradas, mas se um dia eu tivesse perdido toda a discrição e toda paciência e lhe falasse, você me responderia "amar é obedecer!"... Seja franca, Renée, seja lúcida e diga se todas essas imolações e sacrifícios só passaram a pesar depois que você recobrou seu livre arbítrio?

Você sabe o quanto custaram *agora que já não o ama mais*! Antes disso... eu a vi à obra, conheço bem você, Renée!... nos piores dias em que aceitava as coisas mais lancinantes, até mesmo das suas cumplicidades, nesse tempo você não gozava da misericordiosa anestesia que o amor libera?

De que vale responder?... Sim, estou pronta para discutir, com a maior má-fé do mundo: eu não teria pena de ninguém, a não ser desse pobre homem que está listando meus infortúnios conjugais, enquanto pensa nos seus... Como ele deve ter amado tanto... e sofrido tanto... dessa falsa anestesia!

— É a primeira vez, Hamond, que ouço alguém comparar o amor à cocaína!

Irritado por minha ironia desajeitada, ele responde, secamente:

— É sério, cara amiga? De um homem tão velho, e também tão "velho jovem" como eu, não se pode esperar uma comparação inédita, acredite.

Nossa, como ele é jovem, e "magoável" e todo impregnado de um veneno do qual ele queria estar curado!... E agora estamos, distantes de minha desventura e de Maxime Dufferein-Chautel...

Gostaria de trocar confidências com Hamond, de lhe pedir conselhos... Por qual caminho voltamos inescapavelmente ao passado, lanhados pelos espinhos mortos? Parece-me que, se Maxime chegasse agora, Hamond e eu não teríamos tempo de remover de nossos rostos essas expressões que ninguém deve exibir: Hamond está amarelo, biliático e tem um leve tique na face esquerda — e eu comprimo minhas sobrancelhas, como se a enxaqueca as oprimisse, e estendo duramente o pescoço para a frente — meu pescoço, que ainda é robusto, mas está perdendo a frescura e o tônus da carne jovem...

— Hamond, digo bem suavemente, não está se esquecendo que tenho que partir em turnê, para mudar?

— Partir... Sim, sim, faz ele como um homem que desperta. E então?

— Então? E Maxime?

— Você vai levá-lo junto, naturalmente?

— "Naturalmente"! Não é tão simples como lhe parece! Essa vida de turnê, é terrível... a dois! Acordar, as partidas de madrugada ou no escuro, as noites intermináveis quando se está esperando, e, depois, os hotéis!... Que começo para uma lua de mel!... Mesmo uma mulher de vinte anos não se exporia às surpresas do raiar do dia, quando dorme no vagão, esse sono do fim das turnês exaustivas, quando a gente fica com cara de quem morreu e inchou... Não, não, o perigo é demais para mim! Não, eu e ele merecemos coisa melhor! Tenho pensado... vagamente... em adiar nosso...

— ... "encontro de corações"...

— Obrigada... até o fim da turnê e depois começar uma vida, oh! Uma vida!... Não ter mais que pensar, Hamond; ir me esconder com ele em algum lugar, algum canto no interior que me dê, ao alcance da minha boca e das mãos, tudo o que me é meramente oferecido, e depois arrancado, através da janela do vagão: as folhas úmidas, as flores que o vento balança, as frutas orvalhadas e especialmente os riachos, a água livre, caprichosa, a água cheia de vida. Olhe, Hamond, quando a gente mora há uns trinta dias em um vagão, você não tem como saber como a vista de água corrente, entre barrancas de relva fresca, deixa a pele toda crispada, com uma espécie de sede indefinível... Durante minha última turnê, lembro-me que rodávamos a manhã toda, e muitas vezes também à tarde. Ao meio-dia, nas pradarias, as moças da fazenda ordenhavam as vacas: pelo meio do mato eu conseguia ver os baldes de cobre polido, onde o leite fumegante caía em jorros finos. Que sede, que desejo doloroso eu sentia por aquele leite quente coberto pela espuma! Era um verdadeiro suplício diário para mim, te garanto... Então, veja... eu gostaria... eu gostaria de desfrutar, uma vez, de tudo o que me faz falta: o ar puro, um campo generoso onde há de tudo, e de meu amigo...

Sem dar por mim, estendo meus braços, as mãos unidas, para melhor chamar aquilo que desejo. Hamond continua escutando, como se eu não tivesse terminado de falar:

— E então, criança? E depois?

— Como assim "depois"?, digo com veemência... — Depois? mas isso é tudo! Não peço nada mais que isso.

— Que sorte!, murmurou para si mesmo... — Quero dizer: como você vai viver, depois, com Maxime? Vai renunciar às turnês? Não vai mais trabalhar no *music hall*?

Sua pergunta, tão natural, basta para me paralisar, e encaro meu velho amigo, desconfiada, inquieta, quase intimidada:

Ele dá de ombros.

— Vamos lá, Renée, raciocina um pouco! Você pode, graças a Maxime, viver confortavelmente, até mesmo luxuosamente, e... retomar — o que todos esperamos — aquela sua caneta tão sagaz que está enferrujando... E, depois, quem sabe, uma criança... Que lindo menininho seria!

Que imprudente o Hamond! Será que sucumbiu a seu instinto de pintor de gênero? Este belo quadro da minha vida, entre um amante fiel e uma bela criança, produz em mim o mais inexplicável, o mais desastroso efeito... E ele continua, o infeliz! ele insiste! sem se tocar que uma alegria detestável dança nos meus olhos, que fogem dos seus e que ele não obtém de mim mais do que uns "sim" entediados, uns "sem dúvida... não sei..." de estudante que acha que a lição está comprida demais...

Uma bela criança... um marido fiel... Não havia no entanto do que rir!

Ainda estou buscando as razões da minha hilaridade malvada... Uma bela criança... Juro que nunca pensei nisso. Não tive tempo, enquanto estive casada, ocupada primeiro pelo amor, depois pelo ciúme — assoberbada, em suma, por Taillandy, que não se preocupava em ter uma prole trabalhosa e dispendiosa...

Pois então que passei trinta e três anos, sem ter cogitado a possibilidade de ser mãe! Serei eu um monstro?... Uma bela criança... olhos cinzentos, um focinho fino, cara de raposinha, como sua mãe... grandes mãos, ombros largos, como Maxime... Bem... não! Não importa o que faça — eu não consigo *vê-lo*, eu não o amo, esse pequeno que eu teria tido, que eu talvez tivesse...

— O que você acha disso, querido Grande Paspalho?

Ele chegou, de mansinho, tão presente já em meu coração que continuo, com ele, meu exame de consciência.

— O que você acha do filho que teríamos? É Hamond quem quer, imagine só!

Meu amigo abre uma boca de pierrô, redonda e estupefata, olhos enormes, e exclama:

— Maravilha! Viva Hamond! Ele vai ter seu menininho!... E agora mesmo, Renée, se você quiser!

Defendo-me porque ele está mexendo comigo, da pior e da melhor maneira, mordiscando um pouco, beijando muito, com esse olhar faminto que me assusta só o suficiente...

— Uma criança!, gritou. — Um pequenino só nosso! Não havia pensado nisso, Renée! Como o Hamond é inteligente! É genial, essa ideia!

— Você acha, querido? Que bruto egoísta você é! Não se importa que eu fique deformada, e feia, e que eu sofra, não é?

Ele continua a rir, e me puxa para o divã, para dentro de seus braços estendidos:

— Deformada? Feia? É você que é a paspalha, madame! Você será magnífica, o pequeno também, e vamos nos divertir loucamente!

Ele para bruscamente de rir e cerra suas ferozes sobrancelhas sobre seus doces olhos:

— Além disso, pelo menos você não poderá me deixar, nem ir percorrer sozinha as ferrovias, não é? Você estará *presa*!

Presa... Abandono a resistência e fico tamborilando os dedos que me seguram. Mas o abandono é também a astúcia dos fracos... Presa... foi o que ele disse, levado pelo egoísmo... Eu o julguei do jeito que ele é, quando lhe chamava, rindo, de burguês monógamo, de pai de família sentado na poltrona...

Poderia eu então terminar minha vida prazeirosamente, recolhida, sob a grande sombra dele? Será que seus olhos fiéis vão continuar me amando, quando minhas graças forem se dissipando, uma a uma?... Ah!, que diferença, que diferença em relação... ao *outro*!

Só que o *outro* também falava como se fosse um mestre e sabia dizer, baixinho, enquanto me apertava com seu punho rude: "Anda direito! Está comigo!...". Eu sofro, fazem-me mal a diferença entre eles, fazem-me mal suas semelhanças... E faço carinhos na face deste aqui, ignorante, inocente, enquanto lhe digo: "meu pequeno...".

— Não me chame de "seu pequeno", querida! isso me deixa ridículo.

— Vou te deixar ridículo se eu quiser. Você é meu pequeno, porque você é mais jovem que... que a idade que tem, porque sofreu pouco, amou pouco, porque você não é malvado... Escuta, meu pequeno: eu vou partir — sem você.

— Sem mim, não, Renée!

Que grito ele deu! Tive um *frisson* de tristeza e prazer...

— Sem você, meu querido, sem você! É preciso. Escute... Não... Max... Vou dizer assim mesmo... depois... Escute, Max! Então você não quer, você não pode me esperar? Você não me ama tanto assim então?

Ele se livra de minhas mãos e se afasta de mim violentamente:

— Tanto assim, não! Assim, não! Oh! Esses argumentos de mulheres! Eu não te amo tanto assim, se te seguir; e não te amo tanto assim se eu ficar! Confesse:

se eu tivesse te respondido "Tudo bem, querida, vou esperar por você", o que você teria pensado de mim? E você, que vai partir, quando poderia não partir, como é que você quer que eu acredite que você me ama? De fato...

Ele se planta diante de mim, a testa para a frente, e suspeita.

— De fato! Você nunca me disse!

— O quê?

— Que você me ama!

Sinto-me enrubescer, como se ele tivesse me flagrado no erro...

— Você nunca me disse!, repete, teimoso.

— Oh! Max!

— Você já me disse... me disse... "querido... meu grande paspalho amado... Max... Meu querido amigo...". Você gemeu bem alto, como se estivesse cantando, no dia em que...

— Max!...

— Sim, nesse dia em que não pôde evitar me chamar de "meu amor...". Mas você nunca disse "eu te amo"!

É verdade. Esperava, loucamente, que ele nunca tivesse percebido. Um dia, outro belo dia, suspirei tão forte em seus braços que as palavras "...te amo" exalaram de mim, como um suspiro mais alto, e, logo em seguida, fiquei calada e fria.

"...Te amo..." não quero mais dizer isso, nunca mais quero dizer isso! Não quero ouvir essa voz, minha voz de um tempo passado, rouca, baixa, murmurar irresistivelmente as palavras de um tempo passado... Só que não conheço outras... Não existem outras...

— Diga que me ama, diga para mim, que você me ama! Diga para mim, estou implorando!

Meu amigo ajoelhou-se diante de mim, e sua súplica imperiosa não vai me dar descanso. Sorrio para ele, bem de perto, como se resistisse a ele, como um jogo, e tenho a súbita vontade de fazer mal a ele, para que ele também sofra um pouquinho... Mas ele é tão gentil, tão distante da minha dor! Por que pôr a culpa nele? Ele não a merece...

— Pobre querido... não seja malvado, não fique triste! Sim, eu amo. Oh! eu amo você... Mas nao quero dizer. Sou tão orgulhosa, bem no fundo, se você soubesse!

Apoiado em meu colo, ele fecha os olhos, ele aceita minha mentira com uma segurança terna, e continua a me escutar lhe dizendo "eu te amo", quando já não falo mais...

Que estranho fardo em meus braços, meus braços que por tanto tempo ficaram vazios! Não sei aninhar uma criança tão grande, e como é pesada sua cabeça... Mas deixemos que ele repouse, seguro por mim!

Seguro por mim... porque uma aberração clássica o deixa com ciúmes de meu presente, do meu futuro vagabundo, andarilho, mas ele repousa, confiante, sobre esse coração que foi morada de um outro, tanto tempo atrás! Ele nem desconfia, o honesto, o imprudente amante, que ele me compartilha com uma recordação e que não gozará dessa glória, a melhor de todas, de poder me dizer: "te trouxe uma alegria: uma dor que tu não conhecias...".

Ei-lo, então, sobre meus seios... E por que ele, e não um outro? Não sei. Inclino-me para seu rosto, gostaria de protegê-lo contra mim mesma, pedir-lhe desculpas por lhe oferecer apenas um coração desocupado, mas não purificado. Queria lhe guardar contra o mal que posso lhe fazer... Vamos! Margot havia previsto: volto à caldeira... uma caldeira repousada, esta que temos aqui, e que não tem nada de infernal: parece mais uma familiar chaleira...

— Acorde, querido!
— Não estou dormindo, murmurou, sem erguer os belos cílios... — Estou te respirando...
— Você vai esperar por mim em Paris, enquanto eu estiver na turnê? Ou vai então para as Ardenas, na casa de sua mãe?

Levanta-se sem responder, e alisa o cabelo com a palma da mão.

— O que me diz?

Recolhe seu chapéu sobre a mesa e se vai, os olhos baixos, sempre em silêncio... De um salto, o alcanço e me aperto contra seus ombros:

— Não se vá! Não se vá! Vou fazer o que você quiser! Volte! Não me deixe sozinha! Oh! Não me deixe sozinha!

O que deu em mim? Não passo de um pobre trapo encharcado de lágrimas... Vejo-o se distanciando de mim e, com ele, o calor, a luz e este segundo amor todo misturado com as cinzas ardentes do primeiro, mas tão caro a mim, tão inesperado!... Penduro-me em meu amigo, com uma mão naufragada, e gaguejo teimosamente sem ouvir:

— Todo mundo está me abandonando!... Estou completamente só!...

Ele sabe muito bem, já que me ama, que nem palavras, nem argumentos são necessários para me acalmar. Braços de aninhar, um cálido murmúrio de vagas palavras de carinho, beijos, beijos...

— Não olhe para mim, meu querido! Estou feia, o rímel dos meus olhos borrou, estou com o nariz vermelho... Tenho vergonha de ter sido tão besta!

— Minha Renée! Minha pequena! Que bruto que eu fui!... Sim, sim, eu não passo de um brutamontes! Quer que eu a espere em Paris? Vou esperar. Quer que eu vá para a casa da mamãe? Vou para a casa da mamãe!

Indecisa, embaraçada por minha vitória, já não sei mais o que quero:

— Escute, Max, querido, eis o que vamos fazer: vou partir, sozinha, com o entusiasmo de um cão chicoteado... Vamos nos escrever todos os dias... Vamos ser heroicos, não é? A fim de esperar a data, o belo 15 de maio que nos reunirá!

O herói, lastimoso, aquiesce com um sinal de cabeça resignado.

— O 15 de maio, Max!... Eu sinto, digo com a voz mais baixa, que vou me atirar em você como me atiro ao mar, irrevogavelmente, conscientemente...

O abraço e o olhar que recebo em resposta me fazem perder um pouco a cabeça:

— Além disso, escuta... Se não pudermos esperar, bem, tanto faz!... Você vem me encontrar... Eu chamo você... Ficou contente? Afinal de contas, é idiotice isso de heroísmo... A vida é curta... Pronto! Quem estiver mais infeliz vai encontrar-se com o outro, vai escrever mandando vir... Mas vamos tentar de qualquer jeito, porque... uma lua de mel no vagão... Está contente? O que está procurando?

— Tenho sede, imagina? Estou morrendo de sede! Pode chamar a Blandine?

— Não precisamos dela! Fique aí: vou buscar.

Feliz, passivo, ele me deixa servi-lo, e o vejo beber, como se me concedesse um grande favor. Se ele quiser, vou dar o nó em sua gravata, vou cuidar do menu do jantar... E vou levar-lhe as pantufas... E ele vai poder me perguntar, em um tom de Senhor: "aonde você vai?". Mulherzinha eu fui, e mulherzinha volto a ser, para sofrer e para gozar.

O crepúsculo esconde meu rosto apressadamente ajeitado e tolero que, sentada em seus joelhos, ele beba de meus lábios meu fôlego ainda sacudido por soluços recentes. Beijo, na passagem, uma de suas mãos que desce de minha face até minha garganta... Recaio, em seus braços, ao estado de vítima mimada, que se queixa à meia-voz daquilo que ela nem quer nem pode impedir...

Porém, de repente, levanto-me de um salto, luto com ele alguns segundos, sem nada dizer, consigo escapar, gritando:

— Não!

Quase deixei-me levar pela surpresa, no canto do divã! Sua tentativa foi tão rápida, e tão habilidosa!... Fora de alcance, olho para ele sem cólera e só lhe dirijo essa reprovação:

— Por que você foi fazer isso? Max, que maldade!

Ele se arrasta para meu lado, obediente, penitente, desarrumando na passagem uma mesinha e as cadeiras, com seus "Perdão!... Não vou fazer mais!... Querida, é que é tão difícil esperar!...", nos quais ele exagera um pouco suas súplicas infantis.

Já não consigo distinguir bem seus traços, já que a noite cai. Mas adivinhei logo, nessa tentativa brusca, a mesma dose de cálculo e de impetuosidade... "Você será presa! não vai percorrer sozinha as ferrovias...".

— Pobre Max!, lhe digo, docemente.
— Está zombando de mim? Diga! Fui ridículo?

Ele se humilha gentilmente, com ternura. Quer encaminhar meu pensamento para o gesto em si, assim me mantendo longe da sua real motivação... E minto um pouquinho, para lhe dar confiança:

— Não estou zombando de você, Max. Você sabe, não há muitos homens que se arriscariam a se atirar como você, seu safado, sobre uma mulher, sem perder todo seu prestígio! É esse seu jeito de camponês que o salva, e seus olhos de lobo apaixonado! Você parece um pedreiro que volta para casa quando cai a noite e que derruba uma moça na beira da estrada...

Eu o deixo para ir reaplicar em meus olhos aquele anel azuláceo que os deixa aveludados e brilhantes, para vestir um casaco, para espetar em minha cabeça um desses chapéus compridos cuja forma e as cores bem escolhidas fazem Max lembrar das *Flores animadas* de Champfleury, essas pequenas fadas-flores que usam na cabeça uma papoula revirada, um lírio do vale, uma grande íris com as pétalas caindo...

Vamos partir, os dois, e dar uma doce volta pela obscuridade do Bois de Boulogne. Gosto muito desses passeios noturnos, durante os quais seguro, à sombra, a mão de meu amigo para saber que ele está lá, para que ele saiba que eu estou lá. Posso então fechar os olhos, e sonhar que parto, ao lado dele, para um país desconhecido, onde eu não teria um passado, nem um nome, ou eu renasceria com um rosto novo e um coração a que tudo ignora...

Falta só uma semana, e partirei...

Será que vou mesmo partir? Tem horas, tem dias, em que duvido. Especialmente nos dias de primavera precoce, quando meu amigo me leva para fora de Paris, para esses parques batidos, sulcados pelas rodas de automóveis e bicicletas, mas que a acre e fresca estação torna misteriosos mesmo assim. Uma névoa malva, ao fim da tarde, torna as aleias mais profundas, e a descoberta inesperada de um jacinto selvagem, que balança ao vento três campânulas de porcelana de um azul ingênuo, vale um prazer furtado...

Na semana passada demos uma longa caminhada sob o sol matinal atravessando o bosque onde galopam os cavalariços. Estávamos, os dois, ativos, contentes, pouco tagarelas, e eu entoava uma canção que faz andar rápido... Ao virarmos em uma pista deserta, deparamos, nariz-a-focinho, com uma corça bem novinha, de pelo baio, que perdeu o controle quando nos viu e que estancou, em vez de fugir.

Ela arfava de emoção e seus joelhos delicados tremiam, mas seus longos olhos, alongados ainda de um risco castanho — como os meus — exprimiam mais embaraço do que medo. Tive vontade de tocar suas orelhas, voltadas para nosso lado, felpudas como a folha da sálvia, e seu doce focinho de veludo orvalhado. Quando estendi minha mão, ela virou a fronte para o outro lado com um movimento selvagem e desapareceu.

— Você a mataria, se estivesse caçando?

— Matar uma corça? E por que não matar uma mulher?, foi o que respondeu, simplesmente.

Naquele dia almoçamos em Ville-d'Avray, como todo mundo, naquele restaurante com mesas ao ar livre na borda do açude e com lugares para dormir. Comportamo-nos bem, como amantes já saciados. Fiquei contente quando notei que Max sentia a mesma serenidade que as árvores e a brisa, fresca e livre, me dão. Debruçada, observei a água quieta do açude, turva, enferrujada aqui e ali, e as moitas de avelã com seus pendentes. Então meus olhos voltaram-se para meu companheiro de boa vida, na firme esperança de construir para ele uma felicidade tão duradoura quanto a própria vida...

Será que vou mesmo partir? Há horas que me preparo para partir como se estivesse em um sonho. Minha mala do figurino, o tapete de viagem enrolado e a capa de chuva, exumados dos meus armários, voltaram a ver a luz do dia, amarrotados, arranhados, como se feridos pela guerra... Com nojo, verti fora jarros de tinta branca rançosa e de vaselina que amarelou e ficou fedendo a petróleo...

São apetrechos da profissão com que lido agora sem amor. E quando Brague veio perguntar como eu estava indo, eu o recebi de forma tão distraída e cavalheiresca que ele foi embora muito chateado e, o que é mais sério, com um excessivamente formal "adeus, prezada amiga". Bah! Nesses quarenta dias vou ter muito tempo para vê-lo e alegrá-lo!... Aguardo-o a qualquer minuto agora para as instruções finais. Max vai chegar um pouco mais tarde...

— Bom dia, prezada amiga.
Era de se esperar! Meu camarada ainda está irritado comigo.
— Não, Brague, escute: chega disso! O estilo aristocrata não te cai bem! Estamos aqui para falar sério. Você fica parecendo o Dranem no papel de Luís XIV quando vem com esse "prezada amiga"!
Prontamente reanimado, Brague protesta:
— O estilo aristocrata! Por que não? Posso ser muito melhor que o Castellane se eu quiser! Você já me viu de fraque?
— Não!
— Nem eu... Mas, me diga, é meio sombrio esse seu pequeno... *boudoir*! E se a gente fosse para seu quarto, que é mais iluminado? Dava para a gente falar melhor lá.
— Então vamos para meu quarto...
Brague logo avista, sobre a lareira, uma fotografia de Max: Max em sua nova jaqueta, empertigado, o negro dos cabelos muito negros, o branco dos olhos muito branco, um jeito oficial e um pouco risível, mas sempre muito bonito.
Brague examina o retrato, enquanto enrola seu cigarro:
— É seu amigo, certamente, esse sujeito, hein?
— É... meu amigo, sim.
E sorrio gentilmente, com um jeito idiota.

— Muito chique, ele, sem dúvida! Jurava que fosse alguém do governo! Do que é que você está rindo?

— De nada... é essa ideia de que ele fosse do governo! Ele não tem a menor cara disso.

Brague acende o cigarro e me observa, com o canto do olho.

— Vai levá-lo com você?

Dou de ombros:

— Não, quê isso!? É impossível! Como é que você quer uma coisa dessas?

— Mas é justamente o que *não* quero!, exclama Brague, reconfortado... — É que, bem, menina, você sabe! É que eu já vi muitas turnês arruinadas, porque Madame não quer deixar Monsieur, ou que Monsieur quer ficar de olho em Madame! São disputas, são chamegos, são picuinhas, são reconciliações tão intensas que não dá para desgrudar, são as pernas bambas no meio da cena ou dos olhos com rímel borrados: é uma vida dos infernos!... Uma viagem feliz é uma viagem só com os camaradas! Você me conhece, sempre disse a mesma coisa: o amor e o trabalho não se misturam. E além disso, enfim, quarenta dias, não é uma eternidade: a gente se escreve e depois a gente se reencontra e vai para seu canto juntos... Ele tem um escritório, esse seu amigo?

— Escritório? Não, ele não tem escritório.

— Ele tem... uma fábrica de carros? Enfim, ele faz alguma coisa?

— Não.

— Ele não faz nada?

— Nada.

Brague dá um assovio que pode ser interpretado de pelo menos duas maneiras...

— Nada de nada?

— Nada.

— É espantoso!

— E o que é que te espanta?

— Que se possa viver assim. Sem escritório. Sem fábrica. Sem ensaios. Sem cuidar de cavalos de corrida! Não te parece estranho, não?

Olho para ele, com um jeito incomodado e um pouco cúmplice:

— Sim, parece.

Não posso responder outra coisa. A ociosidade de meu amigo, essa sua *flânerie* de estudante em férias perpétuas é um assunto que muitas vezes me causa alarme, e até escândalo.

— Para mim seria a morte, declara Brague, após uma pausa. É uma questão de costume!

— Sem dúvida...

— Agora, disse Brague, tomando assento, vamos ao que interessa. Já tem tudo do que precisa?

— Naturalmente! Meu figurino de *Dryade*, o novo, um sonho! verde como um gafanhoto e não pesa mais que meio quilo! O outro está todo remendado, o bordado foi refeito, foi lavado, você jurava que era novo: ele aguenta umas sessenta apresentações.

Brague retorce os lábios:

— Hmm... Tem certeza? Você poderia investir num vestido novo para o *Emprise*!

— Ah, tá. E você poderia me pagar por ele, não é? E seu culote do *Emprise*, feito de couro bordado, que ficou com a cor da cera de todos os palcos pelos quais passou. E eu vou lá reclamar disso?

Meu camarada ergue uma mão dogmática:

— Perdão, alto lá! Não confunda as coisas. Meu culote é magnífico! Ele ganhou uma pátina, uma nuance: tem um quê de cerâmica artística! Seria um crime substituí-lo!

— Você não passa de um pão-duro, lhe digo, erguendo os ombros.

— E você uma resmungona!...

Ah, como faz bem a gente se bicar um pouco! Descontrai. Estamos irritados um com o outro só o suficiente para que nossa briguinha pareça um ensaio animado...

— Pronto!, Brague exclama. — A questão dos figurinos está encerrada. Passemos à questão das bagagens.

— Como se eu precisasse de você para isso! Por acaso é a primeira vez que partimos juntos? Vai me ensinar a dobrar as camisas?

Brague deixa cair sobre mim, entre suas pálpebras vincadas pelas caretas profissionais, um olhar arrasador:

— Pobre criatura! Cérebro capenga e vacilante! Fala, fala, faz barulho, acorda esses seus besouros na cabeça! Se eu vou ensinar? É bem provável que eu vá sim! Escute, e se esforce para acompanhar: os excedentes de bagagem são por nossa conta, não é?

— Shh!

Faço um sinal para ele parar, emocionada por ter ouvido na antecâmara dois discretos toques na campainha... É *ele*! E Brague, que ainda está aqui!... Um dia eles tinham mesmo que se conhecer.

— Entre, Max, entre... Sou o Brague... Estamos conversando sobre a turnê, espero que não fique entediado.

Não, isso não o deixa entediado; mas, quanto a mim, isso me incomoda um pouco. Meus assuntos de *music hall* são mesquinhos, precisos, comerciais, nos quais não gostaria de envolver meu amigo, meu preguiçoso amigo querido...

Brague, muito gentil quando ele quer, sorri para Max.

— Permite-nos, Monsieur? Estamos fuçando a cozinha de nosso metiê, e tenho orgulho de ser um cozinheiro frugal, que não desperdiça nada e nunca embolsa nada do dinheiro do mercado.

— Mas claro, por favor continuem!, responde Max.

— Ao contrário, acho muito interessante, já que não conheço nada; vou aprender um pouco...

Que mentiroso! Para um homem que acha interessante, ele está com uma cara bem contrariada e triste.

— Retomando!, começa Brague. — Em nossa última turnê, a de setembro, tivemos que bancar, se você se lembra bem, até uns dez ou onze francos de excedentes das bagagens por dia, como se fôssemos bilionários como os Carnegie.

— Nem sempre, Brague!

— Nem sempre. Teve dias em que foram três francos, quatro francos de excedente. E já foram demais. Da minha parte, já não aguento mais. O que você tem como bagagem, além da maleta de mão?

— Meu baú preto.

— Aquele grande? Está delirando! Não quero...

Max tosse...

— Eis o que vamos fazer: você se servirá da minha. No compartimento de cima: os figurinos de cena. No segundo compartimento, nossas roupas de baixo: suas camisolas, suas calças, suas meias, minhas camisas, meus calções etcetera...

Max se agita.

— ... e, no fundo, sapatos, trocas de roupa para mim e para você, as bugigangas, etcetera. Entendeu?

— Sim, não é má ideia.

— No entanto..., diz Max.

— Dessa maneira, continua Brague, teremos só um grande volume (o Troglodita, ele se vira! Sua mãe, que vive de depenar galinhas, vai lhe emprestar um cesto!), *um* ao todo e para todos. Assim suprimimos os excedentes e reduzimos as gorjetas aos maleteiros, moços de teatro etc... Se não ganharmos com isso uns cinco francos cada um por dia, eu vou virar tenor!... De quanto em quanto tempo você troca de roupa de baixo, quando está em turnê?

Enrubesço, por conta de Max.

— A cada dois dias.

— Isso é problema seu. Já que tem lavanderia nas cidades maiores, Lyon, Marselha, Toulouse, Bordeaux, vou contar com doze camisolas e doze calcinhas, o resto à proporção. Não sou grande e generoso? Enfim, estou confiando que você será sensata.

— Fique tranquilo!

Brague se levanta, aperta a mão de Max:

— Vê como nos entendemos rapidamente, Monsieur? Você: encontro na estação, sete e quinze, terça de manhã.

Eu o acompanho até a antecâmara e, quando volto, uma tempestade de protestos, de lamentos e de censuras me recebe.

— Renée! É monstruoso! Não é possível! Você perdeu a cabeça! Suas camisolas, suas próprias camisolas, e suas calcinhas curtas, meu amor, minha querida, misturadas com os calções desse indivíduo! E suas meias-calças, com as meias dele, quem sabe! E tudo isso para economizar cinco francos por dia! Que escárnio e que miséria!

— Como assim que miséria? Isso dá uns duzentos francos no total!

— Pois é, eu sei! Que mesquinharia...

Retenho uma resposta que iria magoá-lo: onde é que ele teria aprendido, esse menino mimado, que o dinheiro — o dinheiro que a gente ganha! — é uma coisa respeitável, séria, que a gente maneja com cuidado e que discute com seriedade?

Ele seca a testa, com um belo lenço de seda, violeta. Já há algum tempo, meu amigo testemunha uma extrema preocupação com a elegância: ele tem camisas magníficas, lenços sortidos combinando com as gravatas, sapatos com polainas de camurça... Não deixei de perceber isso, porque com esse querido Grande Paspalho, cuja constituição é um pouco pesada, cada detalhe de sua aparência assume uma importância quase chocante...

— Por que é que você aceita isso?, pergunta, com censura. — É odiosa essa promiscuidade.

"Promiscuidade"! Já estava esperando por essa palavra. Ele a emprega bastante, a "promiscuidade dos bastidores"...

— Me diga uma coisa, querido — vou fiando, entre dois dedos, as pontas de seu bigode sedoso de um negro ruivo — se se tratasse das *suas* camisas e dos *seus* calções, não teria essa *promiscuidade?* Pense nisso: sou apenas uma funcionária bem razoável do café-concerto, que vive do seu metiê...

Súbito, ele me abraça e me aperta um pouco, de propósito:

— Que o diabo carregue seu metiê!... Ah! quando eu tiver você toda para mim... Vou lhe arranjar vagões de luxo, com as bagageiras cheias de flores, e vestidos e mais vestidos! E tudo o que eu encontrar do bom e do melhor, e tudo que mais inventar!

Sua bela voz grave enobrece a promessa banal... Ouço vibrar, sobre as palavras comuns, o desejo de pôr todo o universo a meus pés...

Vestidos? Verdade, ele deve achar austero e bem monótono minha crisálida neutra de terninhos cinza, castanho e azul escuro que eu troco, no palco iluminado, contra as gazes pintadas, lantejoulas luminosas, saias iridescentes, rodopiantes... Vagões de luxo? Para quê? Eles não correm mais rápidos que os outros...

Fossette enfiou, entre nós, seu crânio de monge, lustroso como o jacarandá. Minha companheirinha farejou a partida. Ela reconheceu a valise com os cantos desgastados e o casacão impermeável — ela viu a caixa inglesa de esmalte negro, o estojo de maquiagem... Ela sabe que não a levarei comigo, e já se resigna a uma vida, por sinal bem mimada, de passeios com Blandine pela periferia, noitadas com a *concierge*, de jantares na cidade e de piqueniques no Bois de Boulogne... "Sei que você vai voltar", dizem seus olhos brilhantes, "mas quando?".

— Max, ela gosta muito de você. Você vai cuidar dela por mim?

Ora vamos! Só porque nos debruçamos juntos para pegar essa criaturinha inquieta, nosso choro já desatou! Retenho o meu, com um esforço que me dói na garganta e no nariz... Que bonitos são os olhos do meu amigo, ampliados pelas duas lágrimas luminosas que molham seus cílios! Ah! Por que é que o estou deixando?

— Vou lá buscar, murmurou, sufocado, uma... uma bela bolsa... que encomendei para você... muito robusta... para a viagem...

— Sério, Max?

— É de couro de leitoa...

— Ora, Max, vamos! Tenha um pouco mais de coragem do que eu!

Ele assoou o nariz, de maneira revoltada.

— E por que teria? Não estou me sentindo corajoso! Pelo contrário!

— Somos uns bobos, nós dois. Nenhum dos dois ousaria sentir autopiedade: Fossette agiu como catalisadora de nossa emoção. É como o golpe da "mesinha" em *Manon* ou a luva de *Poliche* lembra?

Maxime seca os olhos, demorada e cuidadosamente, o jeito simples com que faz tudo, e que o salva do ridículo.

— É bem possível, minha Renée... Além do mais, se você quisesse que meus olhos virassem uma cachoeira, só precisava me falar de tudo que está em seu entorno, aqui, nesse apartamentinho, tudo o que vou deixar de ver até a sua volta. Esse velho divã, a poltrona onde você se senta para ler, e os seus retratos, e o raio de sol que caminha no seu tapete, do meio-dia até as duas horas...

Ele sorri, bem emocionado:

— E nem me venha falar da lareira, do fole e da pá, que eu desmorono!...

Ele se foi para buscar a bela bolsa em couro de leitoa.

— Quando a gente estiver juntos de novo, disse-me, persuasivo, você vai me dar os móveis desta sala, não vai? Vou mandar fazer novos móveis para você.

Sorri, para não recusar. Essa mobília na casa de Max? Esses destroços de mobília conjugal, largados por Taillandy como uma pífia compensação pelos direitos de autor que ele me afanou, eu só não os substituí ainda por falta de dinheiro. Que ária da "mesinha" não poderia eu cantar[10] sobre esse móvel em castanheira que quer se passar por holandês, ou sobre esse velho divã perfurado pelas "brincadeiras"... às quais não fui convidada! Uma mobília assombrada, que me despertava tantas vezes com o medo louco de que minha liberdade não fosse mais que um sonho... Que singular presente de núpcias para se dar a um novo amante! Um abrigo, mas não um lar — é tudo que deixo para trás: os assentos de segunda ou primeira classe, os hotéis de todas as categorias, os camarins sórdidos dos *music halls* de Paris, da província e do estrangeiro, foram para mim muito mais familia-

---

[10] Referência à canção *"Adieu, notre petite table"* ("Adeus, nossa mesinha") da ópera cômica Manon, *de Massenet (1894)*. [NE]

res, muito mais acolhedores do que isso aqui que meu amigo chama de "belo cantinho íntimo"!

Quantas vezes já não fugi desse térreo, fugindo de mim mesma? Hoje, que estou de partida, amada e amando, queria ser mais amada e amante ainda, e mudada, e irreconhecível a meus próprios olhos. É cedo demais, sem dúvida, e ainda não chegou a hora... Mas, ao menos, parto agitada, transbordante de arrependimento e de esperança, com pressa de voltar, atirando-me para meu novo destino com o ímpeto brilhante de uma serpente que se livra de sua pele morta...

TERCEIRA PARTE

Adeus, meu amado amigo. A mala está fechada. Minha bela bolsa "em couro de leitoa", minha roupa de viagem, o longo véu que cobrirá meu chapéu, aguardam por meu despertar de manhã, alinhados, tristes e obedientes, sobre nosso grande divã. Já tendo partido, ao abrigo seu e de minha própria fraqueza, dou-me o prazer de escrever-te minha primeira carta de amor...

Você receberá essa carta expressa amanhã de manhã, justamente quando estarei deixando Paris. Não é mais que um adeus, um até a vista, escrito antes de ir dormir, para que saiba o quanto o amo, o tanto que o quero! Estou desolada por deixá-lo...

Não se esqueça que me prometeu escrever "o tempo todo" e de consolar Fossette. De minha parte prometo trazer-lhe de volta uma Renée esgotada pela viagem, emagrecida pela solidão, e livre de tudo — exceto de você.

Sua
RENÉE

... A sombra ligeira de uma ponte passa sobre minhas pálpebras, que estavam fechadas e que reabri para ver fugir, à esquerda do trem, essa pequena plantação de batatas que conheci tão bem, aninhada contra a alta muralha das fortificações...

Estou sozinha no vagão. Brague, rígido na economia, viaja em segunda classe com o Velho Troglodita. Um dia chuvoso, frágil como uma madrugada cinzenta, suspende-se sobre o campo, no qual a fumaça das fábricas risca o céu. São oito horas, e é a primeira hora da primeira manhã da minha viagem. Após um breve abatimento que se seguiu à agitação da partida, caí em uma imobilidade melancólica que me fez ansiar pelo sono. Ai...
Aprumo-me para proceder, mecanicamente, com a preparação de viajante tarimbada: desdobro meu tapete de pelo de camelo, inflo as duas almofadas de borracha cobertas de seda — uma para a lombar, outra para a nuca — e escondo meus cabelos nus sob um véu tão castanho quanto eles... Faço isso metodicamente, cuidadosamente — enquanto uma cólera indescritível e abrupta faz minhas mãos tremerem... Um verdadeiro furor, sim, e contra mim mesma! Estou partindo, cada giro das rodas me distancia mais de Paris — estou partindo, uma primavera glacial forma pérolas nos ramos dos carvalhos, tudo está frio e úmido em uma neblina que ainda cheira a inverno —, estou partindo quando poderia a esta hora florescer de prazer junto ao lado de um cálido amante! Parece-me que a cólera urde em mim um apetite voraz por tudo o que é bom, luxuriante, fácil, egoísta — uma necessidade de me deixar rolar pela ladeira mais suave, de agarrar com os braços e os lábios uma felicidade atrasada, tangível, ordinária e deliciosa...

Tudo me é fastidioso nesses subúrbios conhecidos, nessas vilas desbotadas nas quais bocejam as donas-de-casa que acordam tarde para abreviarem seus dias vazios... Eu não deveria ter me separado de Brague, deveria ter ficado com ele sob o forro azul-encardido do compartimento de segunda classe, por entre a tagarelice cordial, o cheiro humano do vagão lotado, a fumaça dos cigarros de cinquenta centavos o pacote...

O ratatatá do trem, que escuto contra a minha vontade, age como um acompanhamento ao tema da dança da *Dryade,* que vou cantarolando com uma obstinação maníaca... Quanto tempo vai durar esse estado de perda? Porque me sinto diminuída, fragilizada, como se tivesse sangrado. Durante meus mais tristes dias, a visão de uma paisagem medíocre — contanto que fugisse rapidamente à minha direita e à minha esquerda, contanto que estivesse velada, em alguns momentos, por uma fumaça esgarçada pelas sebes de espinho — agia sobre mim, no entanto, como um tonificante. Tenho frio. Um sono ruim, matinal, deixa-me paralisada, e sinto como se estivesse desmaiando, não dormindo, incomodada por sonhos infantis de aritmética, nos quais sempre me volta a pergunta lancinante: "se você deixou lá a metade de si mesma, teria então perdido cinquenta por cento do seu valor original?"...

Dijon, 8 de abril

Sim, sim estou me comportando bem; sim, encontrei sua carta; sim, foi um sucesso... Ah, meu querido, saiba toda a verdade! Caí, quando o deixei, no mais absurdo, no mais impaciente dos desesperos. Por que foi que parti? Por que foi que o deixei? Quarenta dias! Já não vou aguentar! E estou apenas na terceira cidade!

*Na terceira cidade,
Seu amante a vestiu
Em ouro e prata*

Que pena, meu amante, não preciso nem de ouro nem de prata, mas somente de você. Choveu nas duas cidades onde me apresentei, para que eu pudesse melhor saborear meu abandono abominável, entre paredes de um hotel pintadas de chocolate e bege, nesses refeitórios revestidos de carvalho falso que a iluminação a gás deixa mais sombrios!

Você não sabe o que é o desconforto, seu filho mimado da madame Corta-Pau! Quando nos reencontrarmos, vou lhe contar, para sua indignação e para que você me queira ainda mais, do caminho de volta, à meia-noite, até o hotel, com minha bolsa de maquiagem puxando meu braço para baixo, a espera embaixo da garoa, esperando que o porteiro da noite acordasse lentamente — o quarto horrível com os lençóis que nunca secavam por completo — o exíguo bule com água quente que teve tempo de esfriar... E você quer que eu compartilhe com você dessas alegrias cotidianas? Não, meu querido, deixe-me primeiro minar minha resistência antes de clamar "Venha, já não aguento mais!".

Faz tempo bom aqui em Dijon, de qualquer jeito, e estou saudando timidamente o sol como um presente que logo vai ser tirado de mim.

Você me prometeu cuidar de Fossette. Ela é sua tanto quanto é minha. Mas atente que ela não o perdoará se você lhe mostrar cuidados demais. Seu tato de cadela bulldog estende-se à mais delicada austeridade emocional e, quando a deixo para trás, ela fica ofendida quando um terceiro, afetuoso, dá-se conta de sua tristeza, mesmo que seja para distraí-la.

Adeus, adeus! Eu o beijo, eu o amo. Que frio crepúsculo, se você soubesse!... O céu está verde e puro como se fosse janeiro, agora que há uma geada forte. Escreva para mim, me ame, aqueça essa sua

RENÉE

10 de abril

Minha última carta deve tê-lo deixado triste. Não estou contente comigo — nem com você. Sua bela caligrafia é espessa e arredondada, e ainda assim esbelta, elegante e cur-

vilínea, como aquela planta que na minha terra chamamos de "vime florido"; ela preenche quatro páginas, oito páginas, com alguns "eu te adoro", com maldições de amor, com arrependimentos ardentes. Isso se lê em vinte segundos! E tenho certeza que você, de boa fé, acha que me escreveu uma carta comprida! E ainda por cima você só fala de mim!...

Meu querido, acabei de atravessar, sem parar, por um lugar que é o meu, a terra da minha infância. Pareceu-me como se fizessem um carinho no meu coração... Um dia, prometa-me, podemos lá ir juntos? Não, não! O que é que estou escrevendo? Nós não iremos lá! Suas florestas das Ardenas vão humilhar, na sua lembrança, meus bosques de carvalho, de amoreiras, de amieiros, e você não veria (como eu vejo) tremeluzindo acima deles, nem sobre a água tenebrosa das fontes, nem sobre a colina azul que a flor do cardo enfeita, o fino arco-íris que cerze, magicamente, todas as coisas da minha terra natal!...

Aqui nada mudou. Alguns telhados novos, de um ruivo fresco, e mais nada. Nada mudou na minha terra — somente eu mesma. Ah, meu querido amigo, como estou velha! Você consegue mesmo amar uma moça jovem tão velha? Estou enrubescendo por mim. Por que não conheceu a menina alta que por aqui andava com suas tranças reais e seu modo calado de ninfa do bosque? Tudo o que já fui um dia entreguei para outro homem, um homem que não era você! Perdoe-me pelo desabafo, Max, é o grito do tormento que venho reprimindo desde que passei a amá-lo! E o que você ama em mim, agora, *agora que está tarde demais, senão aquilo que me modifica, aquilo que mente para você, meus cachos abundantes como a folhagem, se não meus olhos que o rímel azul alonga e afoga, se não a falsa suavidade de* uma pele empoada? O que você diria se eu voltasse e comparecesse diante de você com meus cabelos pesados e lisos, com meus cílios louros lavados do rímel, com os olhos enfim que minha mãe me deu, somados a sobrancelhas curtas sempre prontas a franzir, olhos gris, estreitos, horizontais no fundo dos quais brilha um duro e fugidio olhar onde reencontro o olhar de meu pai?

Não tenha receio, meu querido amigo! Vou retornar do mesmo jeito que parti, ou mais ou menos, um pouco mais cansada — um pouco mais carinhosa... Minha terra me encanta com uma embriaguez triste e passageira, cada vez que esbarro com ela, mas não ousaria permanecer aqui. Talvez ela não me parecesse tão bonita se não a houvesse perdido...

Adeus, querido, querido Max. Teremos que partir, amanhã bem cedo, para Lyon, senão não poderemos fazer o ensaio da orquestra, que eu tenho que supervisionar, enquanto Brague, incansável, cuida dos programas, da colagem dos cartazes, e da venda de nossos cartões postais...

Ah, que frio eu passei de novo ontem à noite, naquele figurino leve do Emprise! O frio é meu inimigo: ele me suspende a vida e o pensamento. Você sabe bem disso, já que é em suas mãos que as minhas se refugiam, quando estão enregeladas como duas folhas na geada! Sinto a sua falta, meu querido calor, assim como sinto a falta do sol.

Sua
RENÉE

Fazemos a turnê. Como, durmo, caminho, faço mímica e danço. Sem empolgação, mas também sem esforço. Um único momento febril durante todo o dia: aquele em que pergunto à *concierge* do *music hall* se não há "correio" para mim. Leio minhas cartas como uma faminta, encostada no batente engordurado da entrada dos artistas, na fétida corrente de ar que cheira a porão e a amoníaco... A hora que se segue é ainda mais pesada, quando já não resta nada a ser lido, quando já decifrei a data do selo, e revirado o envelope, como se esperasse dali cair uma flor, uma imagem...
 Não presto atenção às cidades em que atuamos. Já as conheço, e não me preocupo em reconhecê-las. Apego-me a Brague, que retoma a posse desses burgos familiares — Rheims, Nancy, Belfort, Bensançon — como um conquistador benevolente.
 — Você viu? Aquela birosca ainda está lá na esquina do cais: aposto que vão me reconhecer quando a gente for lá hoje à noite comer salsicha no vinho branco!
 Ele respira fundo, lança-se pelas ruas, flana pelas lojas, trepa nas catedrais. Faço-lhe companhia — eu que costumava andar a sua frente no ano passado. Ele me arrasta consigo e algumas vezes levamos também para passear o Velho Troglodita, que geralmente pas-

seia sozinho, magricelo e desconjuntado em seu casaco pequeno e suas calças curtas demais... Onde é que ele dorme? O que ele come? Eu ignoro. Brague, quando o questionei, me respondeu brevemente:

— Onde ele quiser! Não sou babá dele.

Outra noite, em Nancy, notei o Troglodita em seu camarim. De pé, ele mordiscava um pão de libra e segurava delicadamente entre seus dedos uma fatia de queijo-de-cabeça. Essa refeição miserável, e o movimento voraz do seu maxilar... Fiquei com o coração partido e fui falar com Brague:

— Brague, será que o Troglodita tem com o que viver na turnê? Ele ganha uns quinze francos por dia, não é? Por que é que ele não se alimenta melhor?

— Ele está economizando, respondeu Brague. — *Todo mundo* faz economia nas turnês. Nem *todo mundo* é Vanderbilt ou Renée Neré para esbanjar em hotéis de cinco francos e com café com leite servido no quarto! O Troglodita está me devendo pelo figurino; eu adiantei o dinheiro para isso: ele me paga cinco francos por dia. Em vinte dias ele poderá comer ostras e lavar os pés com coquetéis, se lhe der na telha. É problema dele.

Repreendida, fiquei calada... E também estou "economizando", primeiro por hábito, e depois para imitar meus camaradas, para não lhes excitar nem a inveja nem o desprezo. Será esta a namorada de Max, esta que janta fora, refletida no espelho embaçado de uma "brasserie lorraine", esta viajante com olheiras, um grande véu amarrado sob o queixo e — do chapéu às botas — da cor das estradas, com o jeito indiferente, calmo e insociável daqueles que não são nem daqui nem de outro lugar? É esta a amante de Max, a clara amante que ele apertava, seminua sob um quimono rosado, essa atriz fatigada que vem, de camiseta e anáguas, buscar na mala de Brague a roupa de baixo do dia seguinte, e ajeitar seus trajes com lantejoulas?...

A cada dia aguardo a carta de meu amigo. A cada dia ele tanto me consola quanto me decepciona. Ele escreve de um jeito simples mas — e isso nota-se — sem facilidade. Sua bela caligrafia florida atrasa o ímpeto de sua mão. Além disso, sua ternura o incomoda e, de sua tristeza, ele se queixa com ingenuidade: "Depois de dizer que a amo, e que estou zangado por ter me abandonado, o que me falta dizer? Minha querida esposa, minha pequena mulher *bas-bleu*, você vai zombar de mim, mas eu não ligo... Meu irmão vai partir para as Ardenas, e vou acompanhá-lo: escreva para mim no Salles-Neuves, na casa de mamãe. Vou buscar dinheiro — dinheiro para nós, para nosso lar, minha pequena amada!".

Ele me relata assim seus feitos e gestos, sem comentários, sem guirlandas. Ele me associa à sua vida, e me chama de sua esposa. Sua cálida solicitude me alcança, como ele suspeita, de uma maneira gelada nessas folhas de papel, traduzidas em uma caligrafia bem equilibrada: nessa distância, de que nos servem as palavras? Precisaríamos... não sei... de um desenho fogoso, cheio de cores em brasa...

11 de abril

Mas é o cúmulo! Agora está deixando Blandine ler seu futuro nas cartas! Meu querido, você está perdido! Essa moça tem o costume de profetizar, desde que saí de casa, as catástrofes mais pitorescas. Se eu parto em turnê, ela sonha com gatos e serpentes, água barrenta e roupa de baixo dobrada, e lê nas cartas as trágicas aventuras de Renée Néré (a rainha de Paus) com o Jovem Falso, o Soldado e o Camponês. Não lhe dê ouvidos, Max! Conte os dias, como estou fazendo, e sorria — oh! esse sorriso que faz subir, imperceptivelmente, suas narinas! — pensando que a primeira semana está quase no fim...
 Em um mês e quatro dias — esta é a minha previsão — eu "partirei em uma jornada" para reencontrar o "Homem de Copas" que "grande alegria encontrará", e que o Jovem Falso sofrerá um golpe de Espada, assim como a misteriosa "Mulher de má vida", a rainha de Ouros.
 Aqui estamos em Lyon, por cinco dias. Um descanso, você diria? Sim, se com isso você quer dizer que por quatro dias seguidos vou poder acordar dando um salto, quando o sol nascer, com o medo louco de perder meu trem, para depois

voltar à cama, com uma preguiça enojada que espanta o sono, e ficar escutando por um longo tempo o despertar dos empregados, as campainhas, os carros na rua! É bem pior, querido, que a partida cotidiana na alvorada! Sinto-me como se, do fundo do meu leito, eu assistisse a uma retomada de uma agitação da qual fui excluída, como se a Terra estivesse voltando a girar sem mim... Além disso, é também quando estou no fundo do meu leito que mais sinto a sua falta, sem poder me defender das minhas memórias, prostrada pelo tédio e a impotência...

Oh, querido inimigo, poderíamos ter passado esses cinco dias juntos... Não pense que lhe desafio: não quero que venha!... E não vou morrer por isso, diabos! Você sempre fica com esse jeito achando que já morri de ausência de você! Meu belo camponês, estou apenas dormindo — hibernando...

Não está chovendo: faz sol, abafado, e cinza — um tempo muito bom para Lyon. É meio bobo isso, esses boletins meteorológicos em cada carta que escrevo; mas se você soubesse como, nas turnês, nossa sorte e nosso humor dependem da cor do céu! "Tempo molhado, bolso ressecado!", como diz Brague.

Já faz quatro anos que passo sete ou oito semanas em Lyon, meu amigo. E minha primeira visita foi para os veados do Parc Saint-Jean, os pequenos cervos com pele baia de olhar inocente e amoroso. São tão numerosos, e tão parecidos uns com os outros, que não consigo escolher um: eles me seguem ao longo do gradil com um trote que faz marcas no barro e ficam pedindo o pão preto com um bramido claro, teimoso e tímido. A fragrância da relva, da terra revirada, é tão forte nesse jardim, no fim do dia, sob o ar parado, que bastava isso para me enviar de volta a você, se eu tentasse fugir...

Adeus, meu querido. Reencontrei em Lyon outros de vida errante como eu, que conheci aqui e acolá. Se eu especificar que um deles chama-se Cavaillon, cantor cômico, e outra é Amalia Barally, dama do teatro, isso não vai significar muito para você. No entanto, Barally é quase uma amiga, porque há dois anos atuamos juntas, por toda a França, em uma peça em três atos. É uma ex-bela mulher, morena de traços fortes, uma viajadora consumada que conhece pelo nome todos os hotéis do mundo. Ela cantou operetas em Saigon, interpretou tragédias no Cairo, e fez as mil e uma noites de não sei qual Paxá...

O que gosto nela, além de sua alegria que resiste à miséria, é esse humor protetor, sua atenção em cuidar, essa maternidade delicada no gesto — prerrogativas das mulheres que amaram mulheres, com sinceridade e paixão: guardam disto uma atração indefinível, e que vocês, os homens, não perceberão jamais...

Meu Deus, escrevi muito! Vou passar todo o meu tempo a escrever — nisso emprego menos esforço, acho eu, que em falar com você. Abrace-me! Já é quase noite, é a hora ruim. Abrace-me bem forte, bem forte!

Sua
RENÉE

15 de abril

Meu querido, como você é gentil! Que boa ideia! Obrigada, obrigada de todo o meu coração por essa fotografia lavada, amarelada pelo hiposulfito: vocês, meus queridos, estão radiantes, os dois. E agora já não posso mais reclamar por você ter levado, sem minha permissão, Fossette para Salles-Neuves. Ela está com uma cara tão feliz em seus braços! Ela está com a pose que usa em fotografias, essa cara de boxeador parrudo, detentor do Cinturão de ouro.

Ficou claro — constato com uma gratitude um tanto invejosa — que nesse momento ela não pensava nem um pouco em mim. Mas o que sonhavam esses olhos seus que não vejo, paternalmente baixos em direção a Fossette? A terna falta de jeito dos seus braços em torno dessa cachorrinha me emociona e me alegra. Enfiei esse retrato de vocês dois entre os dois outros, naquela velha pasta de couro, sabe? Aquela que você acha misteriosa e malévola...

Envie mais fotografias! Eu separei quatro delas, eu as comparo, eu o examino, com uma lupa, para reencontrar, em cada uma, apesar das lambidas dos retoques, um pouco do seu ser secreto... Secreto? Não, eu juro que não há nada enganador em você. Acho que qualquer mocinha tola vai conhecê-lo na primeira olhada, tão bem quanto eu o conheço.

Estou dizendo isso mas, você sabe, não creio em uma palavra. Sob a minha implicância há um pouquinho de desejo malvado de simplificá-lo, de humilhar em você o velho adversário: é assim que chamo, desde sempre, o homem destinado a me possuir...

É verdade que tem tantas anêmonas assim nos seus bosques, e violetas também? Eu as vi, as violetas, para os lados

*de Nancy, quando eu atravessava essa região do Leste
— suaves colinas, azulada pelos abetos, cortada de riachos
vívidos e espelhados, onde a água é de um verde negro. Será
que era você, esse meninão de pé, com as pernas na água
gelada, pescando trutas?...*
 *Adeus. Vamos partir amanhã para Saint-Étienne.
Hamond não me escreve mais, estou me queixando com
você. Trate de me escrever bastante, meu querido, tenha cuidado: se não, eu vou reclamar com Hamond! Beijo...*

Renée

Acabamos de jantar no Berthoux — restaurante de artistas — Barally, Cavaillon, Brague, eu — e o Troglodita, que eu convidei, pobre coitado! Esse não fala nada, e só pensa em comer. Um jantar teatral, barulhento, animado por uma alegria falsa. Cavaillon, pão duro, pagou no entanto uma garrafa de Moulin-à-Vent.

— Você deve estar morrendo de tédio aqui, brincou Brague, para bancar um vinho tão caro!

— Falou e disse!, respondeu sucintamente Cavaillon.

Cavaillon, jovem mas já célebre no *music hall*, faz inveja em todos. Dele dizem que até Dranem, o grande ator, tem medo e que ele "ganha o que pedir". Nós já cruzamos umas duas ou três vezes com esse rapagão de vinte e dois anos, que anda como uma serpente, sem ossos, e que balança seus punhos tão pesados na ponta de pulsos tão finos. Sua figura é quase bonita, sob os cabelos louros, cortados em franja, mas seu olhar atormentado, violeta, errante, nervoso, demonstra uma neurastenia aguda, quase demência. Seu refrão é "estou morrendo de tédio". Fica esperando, o dia todo, pela hora do seu número, durante o qual ele se distrai, se diverte, rejuvenesce e ganha a plateia. Ele não bebe, ele não farreia. Ele junta seu dinheiro e morre de tédio...

Barally, que tem marcada uma temporada no Teatro Célestins, ficou um pouco alta falando, rindo, mostrando seus belos dentes, contando as estripolias terríveis de sua juventude. Ela nos conta sobre esses teatros nas colônias, vinte anos atrás, quando ela cantava ópera em Saigon, em uma sala iluminada por oitocentas lâmpadas a óleo... Sem dinheiro, já envelhecida, ela encarna uma boêmia fora de moda, incorrigível e simpática...

Foi um jantar gentil, mesmo assim: nos acalentamos, nos apertamos um pouco em torno da mesa pequena demais e, depois, adeus! — Um adeus sem arrependimentos: amanhã ou logo mais vamos nos esquecer uns dos outros... E voltamos para a estrada, enfim! Cinco dias em Lyon são intermináveis...

Cavaillon nos acompanha ao Kursall: é cedo demais para ele, que se maquia em dez minutos, mas ele se junta a nós, mordido pela solidão, e volta a ficar mudo e sombrio... O Troglodita, encantado e um pouco de pileque, canta para as estrelas, e eu sonho, escuto o vento negro que se levanta e varre o cais do rio Ródano com um rugido marinho. E por que me sinto essa noite como se me equilibrasse sobre maré invisível, como um navio que o mar sustenta? Esta é uma noite para singrar até o outro lado do mundo. Tenho as faces frias, as orelhas geladas, o nariz úmido: todo o meu ser animal sente-se disposto, sólido, aventureiro... até chegarmos ao limiar do Kursall onde o calor mofado do subsolo sufoca meus pulmões limpos.

Morosos como burocratas, alcançamos esses camarins peculiares — que parecem sótãos de província ou acomodações para empregados domésticos — cobertos de um papel pobre, cinza e branco... Cavaillon, que nos largou na escada, já está em seu camarim onde o noto, sentado diante da mesinha de maquiagem, acotovelado, a cabeça sobre as mãos. Brague me diz que o comediante passa assim suas lúgubres noites, prostrado, mudo, já meio ensandecido... fico arrepiada. Gostaria de espantar a lembrança desse homem sentado, que esconde seu rosto. Tenho medo de parecer com ele, desgarrado e infeliz, perdido no meio de nós, consciente de sua solidão...

18 de abril

Você tem medo que eu o esqueça? isso é novidade! Max, querido, não "dê uma de louca", como eu costumo dizer! Eu penso em você, eu fico olhando você, à distância, com uma atenção tão intensa que você deve até, por vezes, sentir de alguma maneira misteriosa, não é mesmo? Fico observando-o, atravessando a distância, profundamente, sem me cansar. E o vejo tão bem! É agora que as horas de nossa rápida intimidade não têm mais segredos para mim, e que desfio todas as nossas palavras, os nossos silêncios, nossos olhares, nossos gestos, fielmente registrados com seus valores visuais e musicais... E é justo esse instante que você escolhe para fazer charminho, com um dedo no canto da boca: "você me esqueceu! Sinto você mais longe de mim!" Oh, o sexto sentido dos amantes!

Estou me distanciando, é verdade, meu amigo. Acabamos de passar Avignon e fiquei com a impressão — acordando no trem após um sono de duas horas — que eu havia dormido por dois meses; a primavera havia chegado no meu caminho, aquela primavera que a gente imagina nos contos de fadas, exuberante, efêmera, a irresistível primavera do Sul, gorda, fresca, estourando em verdes abruptos, em

*grama tão alta que o vento balança e faz brilhar, em patas-
-de-vaca róseas, em árvores-da-princesa de cor cinza-azu-
lado, em chuvas-de-ouro, em glicínias e rosas!*

*As primeiras rosas, meu amado amigo! As comprei na
estação de Avignon, ainda em botão, de um amarelo sul-
furoso tisnado de carmim, transparentes ao sol como uma
orelha tingida de sangue vivo, ornadas de folhas tenras,
de espinhos curvos como o coral lustrado. Estão aqui sobre
minha mesa. Elas têm um perfume de damasco, de baunilha, de charutos finos, de puro moreno — é o exato olor,
Max, de suas mãos secas e escuras...*

*Meu amigo, estou me deixando deslumbrar e reanimar
por essa nova estação, por este céu vigoroso e duro, pela
douração particular dessas pedras que o sol acaricia todo o
ano... Não, não, não lamente eu ter que partir no raiar do
dia, porque a alvorada, nesse lugar, escapa, nua e purpúrea,
de um céu leitoso, aureolada pelo badalar dos sinos e do voo
dos pombos brancos... Oh! Eu imploro, compreenda que não
me deve escrever cartas "bem-cuidadas", que você não tem
que pensar no que vai me escrever! Escreva o que quer que
seja: como está o tempo, a que horas despertou, como está
zangado com esta "cigana assalariada"; encha as páginas
com a mesma palavra de carinho, repetida como o grito de
um pássaro amoroso que clama! Ah, meu caro amante, preciso que sua desordem responda àquela dessa primavera que
varou a terra e se consome de sua própria ânsia!*

Raramente acontece de eu reler minhas cartas. Reli esta
aqui — e a deixei seguir, com a estranha impressão de
que havia cometido um descuido, um erro, e que ela

chegaria a um homem que não a deveria ler... Estou com a cabeça girando desde Avignon. A terra das brumas se dissolveu por lá, por trás das cortinas de ciprestes que o Mistral enverga. O sedoso farfalhar das canas altas chegou a mim pela janela abaixada do vagão, ao mesmo tempo que um odor de mel, de pinheiro, de brotos reluzentes, de lilases em botão — aquele cheiro acre do lilás antes de virar flor, que mistura terebentina com amêndoa. A sombra das cerejeiras é violeta sobre a terra rubra, que já está craquelando de sede. Nas estradas brancas que o trem atravessa ou acompanha, uma poeira de giz rola em turbilhões baixos e empoa os arbustos... O murmúrio de uma febre agradável zumbe constante em meus ouvidos, como o de um enxame distante...

Sem defesas, vulnerável a esse excesso, ainda que previsto, de perfumes, de cores, de calores, eu me deixo ser surpreendida, capturada, convencida. Seria possível tal doçura, livre de perigos?

A Cannebière, via princial de Marselha, ensurdecedora, está formigando a meus pés, sob o balcão, a Cannebière que não descansa nem de noite nem de dia, e onde a *flânerie* adquire a importância, a segurança de um cargo administrativo. Se eu me debruçar, posso ver cintilar, ao fim da rua, por trás da renda geométrica das cordas de atracação, a água do porto — um pedaço do mar de um azul fechado, que dança em pequenas ondas curtas...

Minha mão, sobre a beirada do balcão, amassa o último bilhete de meu amigo, em resposta à minha carta de Lyon. Nela, ele lembra, a propósito de nada, que minha camarada Amalia Barally não gostava de homens! Não lhe faltou, o ser "normal" e "bem equilibrado" que é, de estigmatizar um pouco, zombando dela, minha velha amiga, e de chamar de "vício" aquilo que não compreende. De que adiantaria explicar?... Duas mulheres juntas nunca vão deixar de ser, para ele, um casal depravado, e não a imagem melancólica e tocante de duas fracas criaturas que talvez tenham se refugiado nos braços uma da outra para aí dormir, chorar, fugir do homem muitas vezes maldoso, e desfrutar, melhor que qualquer prazer, da amarga felicidade de se sentir iguais, ínfimas, esquecidas... De que adianta escrever, e argumentar, e discutir?... Meu voluptuoso amigo não compreende nada que não seja o amor...

21 de abril

Não faça isso! não faça isso, eu suplico! Aparecer aqui sem avisar, não pensou seriamente em fazer isso, não foi?
 O que é que eu faria, se o visse entrando de repente em meu camarim, como foi há cinco meses no l'Empyrée-Clichy! Meu Deus, eu o prenderia, não tenha dúvidas! E é por isso mesmo que você não pode vir! Eu o prenderia, meu querido, bem apertado no meu coração, na minha garganta tantas vezes acariciada, contra meus lábios que murcham por não serem beijados... Ah, como eu o prenderia!... É por isso que não pode vir...
 Deixe de invocar nossa necessidade mútua de recobrar a coragem, de extrair, um do outro, a energia de uma nova separação. Deixe-me sozinha em meu trabalho — do qual você não gosta. Faltam vinte dias para eu voltar, veja bem! Deixe-me cumprir minha turnê, com um senso de responsabilidade vagamente militar, uma dedicação de trabalhadora honrada, na qual não podemos misturar nossa felicidade... Sua carta me deu medo, querido. Achei que iria vê-lo entrar aqui. Cuidado para não arrasar sua amiga, não lhe cubra de uma tristeza, nem de uma alegria imprevistas...

RENÉE

O vento açoita a beira do toldo de lona sobre nossas cabeças, espargindo sombra e luz sobre o terraço do restaurante onde acabamos de almoçar, no porto. Brague lê seus jornais e, de tempos em tempos, exclama e diz alguma coisa; mas não está com cara de quem vai falar comigo, está falando consigo mesmo — ou com ninguém... Eu não o ouço, e mal o vejo. Já estamos tão habituados um com o outro que foram suprimidos a polidez, o charme, o pudor: todas as mentiras... Acabamos de comer ouriços-do-mar, tomates, refogado de bacalhau. Diante de nós, entre o mar oleoso, que lambe as laterais dos barcos, e a balaustrada de madeira talhada que encerra esse terraço, uma faixa de calçada onde desfilam pessoas ocupadas com o ar alegre dos ociosos; — há flores frescas, cravinas fortemente amarradas como se fossem alhos-poró, enfiados em baldes verdes; — há um balcão coberto por bananas negras, que fedem a éter e com conchas pingando água do mar, ouriços, batatas-do-mar, amêijoas, mexilhões azuis, ostras, todos abertos por entre os limões e os vidrinhos de vinagre rosa...

Refresco a mão na pança de uma moringa branca, rendada como um melão, que sua sobre a mesa. Tudo o que aqui está me pertence e me possui. Amanhã, acho que não terei levado essa imagem comigo, mas agora me parece que uma sombra minha, arrancada de mim como uma folha, permanecerá aqui, um pouco curvada pela fadiga, sua mão transparente estendida e pousada na lateral de uma moringa invisível...

Contemplo meu reino em mutação, como se quase o tivesse perdido. Nada ameaça, no entanto, esta vida fácil que segue, nada a não ser uma carta. Ela está aqui, na minha bolsinha. Ah, como escreve, meu amado, quando ele quer! Como ele se faz compreender, claramente! Eis aqui, em oito páginas, o que eu posso chamar, enfim, de carta de amor. Ela tem a incoerência, a ortografia falha em dois ou três lugares, a ternura e... a autoridade. Uma autoridade soberba, que dispõe de mim, do meu futuro, de minha curta vida inteira. A ausência fez sua parte: ele sofreu sem mim — então refletiu e ordenou cuidadosamente uma felicidade duradoura — ele me oferece o casamento, como se me oferecesse um campo ensolarado, ornado de muros sólidos...

"Minha mãe reclamou um pouco, mas a deixei reclamar. Ela sempre fez o que eu quis. Você vai conquistá-la, mas de qualquer jeito vamos passar muito pouco tempo com ela! Você gosta de viajar, minha querida mulher? Você vai ter viagens, até se cansar; você vai ter para si toda a Terra, até não amar mais que um cantinho só nosso, onde você não será mais Renée Néré, mas sim Madame Minha Mulher! Espero que esse *cartaz* seja o suficiente para você!... Já estou cuidando de...".

Do quê ele já está cuidando?... Desdobro as finas folhas de papel, que fazem um barulho de notas de dinheiro: ele está cuidando da mudança; porque o segundo andar do palacete, a casa de seu irmão, nunca passou de uma *garçonnière* conveniente... Ele está de olho em alguma coisa para os lados da rua Pergolèse...

Em um movimento de hilariedade brutal, amasso a carta e exclamo para mim mesma:

— Muito bem! E quanto a mim, não vão me consultar? E o que é que eu virei, nisso tudo?

Brague levantou o rosto, depois retomou a leitura do jornal, sem dizer palavra. Sua discrição, com doses iguais de reserva e de indiferença, não se espanta com tão pouco.

Não estava mentindo, quando escrevia a Max, dois dias atrás: "eu o vejo tão claramente, agora que estou longe!". Espero que não o esteja vendo assim *tão* claramente!...

Jovem, jovem demais para mim, ocioso, livre — amoroso, é certo, mas mimado: "minha mãe sempre fez o que eu quis...". Ouço sua voz a pronunciar estas palavras, sua bela voz grave, nuançada, atraente, como se tivesse trabalhado no teatro, sua voz que embeleza suas palavras — escuto, como um eco diabólico, uma outra voz, abafada, que se ergue do fundo negro das minhas lembranças: "a mulher que vai mandar em mim ainda está para nascer!...". Coincidência, talvez... mesmo assim, para mim parece que acabei de engolir um pontudo estilhaço de vidro...

Sim, o que vai ser de mim, nisso tudo? Uma mulher feliz?... Este sol, que penetra, imperioso, em minha "câmara escura" íntima, me atrapalha o pensamento...

— Vou voltar, Brague. Estou cansada.

Brague me olha por cima de seu jornal, a cabeça pendente sobre o ombro para evitar a coluna de fumaça que sobe de seu cigarro, meio apagado no canto dos lábios.

— Cansada? Não está doente, não é? É sábado, você sabe! A plateia do l'Eldo vai estar animada: se prepara!

Não me digno a responder. Ele acha por acaso que sou uma debutante? Todo mundo conhece essa plateia de Marselha, irritadiça e brincalhona, que despreza a timidez e castiga a insolência, e que para se conquistar temos que dar tudo o que temos...

O desnudar, a frescura, sobre a pele, de um quimono de seda rústica azul claro, que já foi lavado vinte vezes, dissipa minha enxaqueca incipiente. Não me deito sobre a cama, com medo de cair no sono: não foi para descansar que vim aqui. Ajoelhada sobre uma poltrona, diante da janela aberta, acotovelo-me sobre o encosto, acariciando meus pés nus um contra o outro. Reencontro, depois de tantos dias, o hábito de me apoiar na beira de uma mesa, de me sentar de lado sobre os braços do sofá, de manter por muito tempo posições incômodas sobre assentos desconfortáveis, como se as breves pausas que faço, em minha turnê, não valessem a pena me instalar, ou de um repouso preparado... Nos quartos em que durmo, parece que não passei mais de quinze minutos, o casaco jogado ali, o chapéu lá... É no vagão que me revelo organizada, quase maníaca, entre minha bolsa, meu tapete desenrolado, meus jornais e meus livros, as almofadas de borracha que sustentam meu sono rígido, um sono de viajante tarimbada, que não desalinha nem meu véu amarrado como uma freira, nem minha saia estendida até o calcanhar.

Não descanso. Quero me forçar a refletir, e meu pensamento refuga, foge, corre por um caminho de luz que lhe é aberto por um raio de sol que cai no balcão, e vai-se embora, sobre um telhado de mosaico de ladrilhos verdes, onde ele para infantilmente para brincar com um reflexo, com uma sombra de nuvens, com nada... Eu luto comigo mesma, me açoito... Então cedo por um minuto, e recomeço. São batalhas como estas que dão aos exilados como eu esses grandes olhos arregalados, tão lentos em descolar seu olhar de uma atração invisível. Uma lenta ginástica de solitária...

Solitária! o que vou pensar quando meu amante me chamar, pronto a responder por mim por toda a vida?... Mas, "por toda a vida" eu não sei o que é. Há três meses, eu pronunciava essas palavras terríveis, "dez anos", "vinte anos", sem atinar com seu significado. Agora é hora de compreender! Meu amante me oferece sua vida, sua vida, a imprevidente e generosa de homem jovem, que tem uns trinta e quatro anos — como eu. Ele não duvida da minha juventude, ele não vê *o fim* — o meu fim. Sua cegueira me recusa o direito de mudar, de envelhecer, ainda que cada instante, incluindo o instante que acaba de passar, já vai me roubando dele...

Ainda possuo o necessário para contentá-lo, ou melhor, para deslumbrá-lo. Posso então deixar de lado este rosto, como se tirasse uma máscara; tenho outro ainda mais belo, que ele apenas entreviu... E me desnudo como as outras se enfeitam, escolada, — porque fui modelo para Taillandy, antes de ser dançarina — desviando dos perigos da nudez, a me mover sob a luz como sob panos. Mas... por quantos anos mais ainda terei minhas armas?

Meu amigo me oferece seu sobrenome, e sua fortuna, com seu amor. Decididamente, meu mestre, o Acaso, sabe bem o que faz e quer me recompensar, de um só golpe, por todo o culto caprichoso que lhe devotei. É inesperado, é louco, é... é um pouco demais!

Meu caro e bravo homem! ele vai esperar minha resposta impacientemente, vigiando o caminho do carteiro, na companhia de Fossette — minha Fossette que exulta em brincar de dona do castelo, que anda de automóvel e fica correndo em volta dos cavalos selados!... Ele deve coroar sua alegria com um orgulho ingênuo, legítimo, o orgulho de ser o Senhor tão chique para içar junto a si, do subsolo do l'Emp' Clich' até o terraço branco do Salles-Neuves, uma "mulherzinha do café-concerto"...

Ah, meu caro, meu querido *burguês* heroico!... Ah, por que é que ele não foi amar uma outra? Como uma outra o faria feliz! Sinto como se nunca pudesse fazê-lo...

Se bastasse apenas eu me entregar a ele! Mas o sexo não é a única coisa envolvida... A volúpia ocupa, no deserto ilimitado do amor, um lugar ardente e bem pequeno, mas tão fogoso que não se vê outra coisa que não ela: já não sou uma mocinha jovem para me cegar por seu brilho. Em torno dessa chama inconstante, está o desconhecido, está o perigo... O que sei eu sobre o homem que me ama e que me quer? Assim que voltarmos de um curto abraço, ou mesmo de uma longa noite, vamos ter que viver um ao lado do outro, um pelo outro. Ele vai esconder corajosamente as primeiras decepções que lhe vierem de mim, e vou calar as minhas, por orgulho, por pudor, por piedade — e sobretudo porque as terei aguardado e temido, *porque vou reconhecê-las*... Eu, que me contraio toda, cada vez que ouço alguém me chamar de "minha menina querida", eu que tremo diante de alguns gestos seus, diante de algumas entonações ressuscitadas — que exército de fantasmas me espreita por detrás das cortinas de uma cama ainda fechada?...

... Já nenhum reflexo dança, no teto de ladrilhos verdes. O sol foi-se embora; um lago de céu, que até há pouco era de um vivo azul por entre dois pilares de nuvens imóveis, agora empalidece suavemente, passando da turquesa à lima. Meus braços e joelhos, dobrados, sofrem inchaço. O dia infrutífero vai terminar, e nada decidi, nada escrevi, não arranquei de meu peito um de seus movimentos irreprimíveis que antes aceitava sem controle — e disposta a chamá-los de "divinos" — o impulso tempestuoso.

O que fazer?... Por hoje, escrever, brevemente, porque as horas correm, e mentir...

Meu querido, já são quase seis horas, e passei o dia lutando contra uma terrível enxaqueca. O calor é tanto, e veio tão de repente, que me fez gemer, mas, como Fossette diante do fogo alto, sem rancor. E ainda por cima veio sua carta!... É sol demais, luz demais às vezes, tanto o sol quanto você me soterram com suas dádivas; só tenho forças, hoje, para suspirar: "é demais!..." Um amigo como você, Max, e tanto amor, e tanta felicidade, e tanto dinheiro... Você me considera uma pessoa forte? Geralmente eu sou, mas não hoje. Permita-me um tempo...

Eis aqui uma fotografia para você. Eu a recebi de Lyon, onde Barally tirou esse instantâneo. Você me acha muito escura e pequenina, com esse jeito de cão perdido, com as mãos cruzadas e esse ar de quem apanhou? Com toda a franqueza, meu amigo, esta modesta viandante mal consegue carregar o excesso de honra e de bens que você pro-

mete. Ela o está encarando, e seu focinho desconfiado de raposa parece dizer-lhe: "é mesmo para mim, tudo isso? tem certeza?".

Adeus, meu amigo querido. Você é o melhor dos homens, e você merece a melhor das mulheres. Será que não vai se arrepender de ter escolhido somente a

Renée Néré?

Tenho quarenta e oito horas a minha frente...

E agora, correr! O banho, o jantar no Basso sobre o terraço, no vento fresco, com cheiro de limão e dos mexilhões úmidos, o trajeto até o l'Eldorado pelas avenidas banhadas pela rósea luz elétrica, — a ruptura, enfim, por algumas horas, do fio que me puxa para lá, para trás, sem descanso...

Nice, Cannes, Menton... sigo em turnê, perseguida por meu crescente tormento: um tormento tão intenso, tão constantemente presente que tenho medo, algumas vezes, de ver a forma de sua sombra ao lado da minha, sobre o louro arenito dos píeres que bordejam o mar, sobre o asfalto quente onde fermentam as cascas de bananas...

Meu tormento me tiraniza; ele se interpõe entre mim e o prazer de viver, de contemplar, de respirar profundamente... Uma noite sonhei que não amava e, nessa noite, repousei, livre de tudo, como em uma morte suave...

À minha ambígua carta de Marselha, Max respondeu com uma carta feliz e tranquila, um longo agradecimento sem rasuras, onde o amor se fazia amigável, firme, orgulhoso por dar tudo sem receber nada em troca — uma carta, enfim, que poderia me dar a ilusão de ter-lhe escrito "no dia tal, na hora tal, serei sua, e partiremos juntos."

Então está definido? Estarei eu comprometida a esse ponto? Seria a impaciência, seria a pressa, esta febre mecânica que, de um dia para o outro, de uma cidade para a outra, de uma noite para a outra, me faz parecer que o tempo é tão longo?... Ontem em Menton, eu escutava, em uma pensão familiar adormecida no meio dos jardins, o despertar dos pássaros e das moscas, e o periquito do balcão. O vento da alvorada agitava as palmeiras como se fossem roseirais secos, e eu reconhecia todos os sons, toda a música de uma manhã igual a esta, no ano anterior. Porém este ano, o assobio do papagaios, o zumbido das vespas no sol nascente, e a brisa nas palmeiras rígidas, tudo isso parecia recuar, distanciar-se de mim, parecia murmurar como o treinamento das minhas preocupações, servir de pedal para minha ideia fixa — o amor.

Sob minha janela, no jardim, um canteiro oblongo de violetas, que o sol ainda não havia tocado, azulava ao orvalho, sob acácias de um amarelo cor de pintinhos. Havia ainda, contra o muro, rosas grimpantes que, pela cor, eu adivinhava não terem perfume, um tanto amareladas, um tanto verdes, do mesmo matiz indeciso do céu que ainda não ficou azul. As mesmas rosas, as mesas violetas do ano passado... Mas por que não pude, ontem, saudá-las com esse sorriso involuntário, reflexo de uma inofensiva felicidade semi-física, na qual exala a silenciosa ventura dos solitários?

Sofro. Não posso mais me apegar ao que vejo. Fico suspensa, por mais um instante ainda, por mais um instante ainda — à maior das loucuras, à irremediável infelicidade do resto da minha existência. Vergada e dependurada, como a árvore que cresceu à beira de um abismo, e cujo florescimento a inclina para a queda, ainda resisto, e quem pode dizer se irei conseguir?...

Uma pequena imagem, quando fico em paz, quando me entrego ao meu curto futuro, confiada inteiramente àquele que lá me espera, uma pequena imagem fotográfica me puxa de volta para meu tormento — de volta à racionalidade. É um instantâneo, onde Max joga tênis com uma jovem. Isso não quer dizer nada: a moça é uma transeunte, uma vizinha que veio desfrutar do Salles-Neuves, ele não pensou nela quando me enviou a fotografia. Mas eu, eu penso nela — e já pensava antes de tê-la visto! Não sei qual o seu nome, mal consigo ver seu rosto, de costas para o sol, negro, com um esgar alegre onde brilha uma carreira branca de dentes. Ah! Se eu tivesse meu amante lá, a meus pés, entre as minhas mãos, eu lhe diria...

Não, eu não lhe diria nada. Mas escrever, ah, isso é fácil! Escrever, escrever, lançar através das páginas brancas a caligrafia ágil, desigual, que ele compara a meu rosto que sempre muda, carregado pelo excesso de expressões. Escrever sinceramente — quase sinceramente! Na esperança que me traga um alívio, esta espécie de silêncio interior que se segue a um grito, a uma confissão...

Max, meu amado amigo, ontem lhe perguntei o nome daquela moça que joga tênis com você. Não valia a pena. Para mim ela se chama "uma mulher jovem" — "todas as mulheres jovens" — todas as mulheres jovens que serão minhas rivais daqui a pouco tempo, bem logo, amanhã. Seu nome é a desconhecida, a mais nova que eu, aquela com quem você me compara cruelmente, lucidamente, mas menos cruel e lucidamente do que eu mesma me compararei!...

Triunfar sobre ela? Quantas vezes? Qual é o triunfo, se a luta se esgota e nunca termina? Compreenda o que digo! Não é a suspeita, não é a traição futura, oh, meu amor, que me arruinam: é o meu próprio declínio! Temos a mesma idade, já não sou mais uma jovem. Imagine, oh, meu amor, sua maturidade de belo homem, daqui a alguns anos, ao lado da minha! Imagine-me bela ainda, e desesperada, enlouquecida em minha armadura de espartilhos e vestidos, por debaixo de minhas tintas e meus pés, sob minhas frágeis cores jovens... Imagine-me como uma rosa madura que não se pode tocar! Um olhar seu, para uma mulher jovem qualquer, será o bastante para prolongar, na minha face, a ruga triste que o sorriso cavou — mas uma noite feliz em seus braços custará mais ainda à minha beleza que se esvai... Estou chegando — você sabe! — à idade do ardor. É a idade das imprudências sinistras... Compreenda-me! Seu fervor, que me convencerá, que me garantirá, não irá por acaso me conduzir à segurança imbecil das mulheres que são amadas? Em uma mulher amada, cujos desejos são satisfeitos, renasce, por breves e periclitantes minutos, uma ingênua afetada, que se permite brincadeiras de menina, que fazem tremer sua carne pesada e desejável. Estremeci, um dia, diante da insensatez de uma amiga minha quarentona, que, nua e fremente de amor, se coroava com o quépi de seu amante, um tenente dos hussardos...

Sim, eu enlouqueço, eu divago, eu te assusto. Você não compreende. Falta a essa carta um longo preâmbulo — todos os pensamentos que estou escondendo de você, que me envenenam há tantos dias... É simples assim, não é, o amor? Você não lhe daria essas feições ambíguas, atormentadas, daria? A gente se ama, a gente se dá um ao outro, e ei-nos felizes por toda a vida, não é mesmo? Ah!, como você é jovem — e pior que jovem, já que seu único sofrimento na vida foi esperar por mim! Não possuir aquilo que se deseja, você não enxerga nada além disso, e a isso está circunscrito seu inferno, àquilo que algumas pessoas fazem a razão do seu viver... Mas possuir o que se ama e sentir a toda hora seu único bem se desagregar, derreter e escoar como pó de ouro por entre os dedos!... E não ter a horrível coragem de abrir mão, de abandonar todo o tesouro, mas de apertar cada vez mais forte os dedos, e gritar, e suplicar, para manter... o quê? Um pequeno risco de ouro, precioso, nas linhas da palma...

Você não compreende? Meu pequeno, eu daria qualquer coisa no mundo para ser como você, como gostaria de nunca ter sofrido, ou sofrido apenas por você, e rejeitar minha angústia criada pelo que passei... Socorra, como puder, a sua Renée — mas, meu amor, se minha esperança reside só em você, não estarei eu meio desesperada?...

Minha mão tarda-se, crispada, sobre o porta-canetas ruim, fino demais. Quatro grandes folhas, sobre a mesa, testemunham minha pressa em escrever, assim como a desordem do manuscrito, onde a caligrafia sobe e desce, se dilata e se contrai, sensível...

Será que ele me reconhecerá nessa desordem? Não. Ainda estou dissimulando. Dizer a verdade, mas toda a verdade, ainda não se pode — não se deve.

Diante de mim, na praça, nesta praça varrida por um vento que estava forte e que enfraquece e cai como uma asa fatigada, a parede curva do anfiteatro romano de Nîmes ergue suas pedras de um vermelho esfarelado contra um céu cor de ardósia, opaco, que prenuncia a tempestade. O ar sufocante se instala em meu quarto. Quero rever, sob esse céu pesado, meu refúgio elísio: os Jardins de la Fontaine.

Um fiacre sacolejante, um cavalo combalido, me carregam até a grade negra que protege o parque onde nada muda. Será que a primavera do ano passado durou, magicamente, até agora, só para me esperar? Tão encantado é esse lugar, com a primavera imóvel e suspensa sobre todas as coisas, que tremo de pensar nele desmoronando, dissolvendo-se em bruma...

Apalpo carinhosamente a pedra quente do templo arruinado, e as folhas envernizadas do barrete-de-padre, que parecem orvalhadas. Os Banhos de Diana, nos quais me debruço, refletem agora e sempre as patas-de-vaca, cornalheiras, os pinheiros, as árvores-da-princesa floridas de lilás e moitas de espinheiras púrpuras... Todo um jardim de reflexos está invertido sob mim a girar — decomposto na água cristalina — no azul profundo, no violeta de pêssego maduro, no marrom de sangue seco... Que belo jardim, que belo silêncio onde só o que se debate surdamente é a água imperiosa e verde, transparente, escura, azulada e brilhante como um impetuoso dragão!...

Uma dupla aleia, harmoniosa, sobe até a Torre Magna entre as muralhas bordejadas por árvores de teixos, e repouso por um minuto à beira de um tanque de pedra, onde a água embaçada é verde com agriões delgados e rãzinhas tagarelas com patinhas delicadas... No alto, bem no alto, um leito seco de olorosas agulhas de pinheiro nos recebe, a mim e a meu tormento.

Por debaixo de mim, o belo jardim parece plano, seus espaços abertos dispostos geometricamente. A tempestade que se aproxima afugentou todos os intrusos, e o granizo e o furacão sobem lentamente no horizonte, nas laterais inchadas de uma densa nuvem debruada de fogo branco...

Tudo isso aqui é ainda meu reino, um pedacinho dos bens magníficos que Deus cede aos passantes, aos nômades, aos solitários. A terra pertence àquele que para por um instante, contempla, e vai-se embora; todo o Sol pertence ao lagarto nu que se aquece...

No fundo de minha angústia se agita uma grande negociação, um espírito de regateios que pondera valores obscuros, tesouros semiescondidos — é um debate que está crescendo, que confusamente vai impondo-se... O tempo urge. A verdade completa, aquela que tive que calar a Max, devo a mim mesma. Não é bonita, é fraca ainda, amedrontada e um pouco pérfida. Ela não consegue soprar para mim mais do que suspiros lacônicos: "eu não quero... não é preciso... tenho medo!".

Medo de envelhecer, de ser traída, de sofrer... Uma escolha sutil tem guiado minha sinceridade parcial, enquanto escrevia a Max. Este medo é o cilício, a faixa de espinhos, que gruda na pele do Amor quando ele nasce e que vai se apertando contra ele, na medida em que cresce... Eu já vesti, esse cilício, não morri por isso. Eu o vestiria de novo, se... *se eu não tivesse outra escolha.*

"Se eu não tivesse outra escolha...". Desta vez, está claramente formulado. Eu li, escrito na minha mente, ainda a vejo, impressa como um veredito em pequenas e grossas maiúsculas... Ah! Acabei de medir meu mesquinho amor e de liberar minha verdadeira esperança: a fuga.

    E como farei para fugir? tudo está contra mim. O primeiro obstáculo a galgar é esse corpo de mulher estirado que me bloqueia o caminho — um corpo voluptuoso de olhos fechados, cega por vontade própria, estirada, pronta a definhar em vez de deixar o lugar onde foi feliz... Sou eu, essa mulher, essa bruta obstinada pelo prazer. "Você não tem um inimigo pior que você mesma!". Ah, eu sei disso, por Deus, como sei! Também terei de vencer alguém cem vezes mais perigosa que a besta gulosa: a menina abandonada que treme em mim, frágil, nervosa, pronta a estender os braços, a implorar: "Não me deixe sozinha!" Essa teme a noite, a solidão, a doença e a morte — ela fecha as cortinas, à noite, sobre a janela obscura que a amedronta, e padece do simples mal de não ser amada o bastante...

    E você, meu adversário tão amado, Max, como o derrotarei, despedaçando a mim mesma? Você só teria que aparecer... mas eu não o estou chamando!

    Não, não o estou chamando. É a minha primeira vitória...

A nuvem tempestuosa passa agora por cima de mim, vertendo gota a gota uma água preguiçosa e perfumada. Uma estrela de chuva choca-se com o canto de meus lábios e eu a bebo, tépida, adoçada por uma poeira com gosto de narcisos.

Nîmes, Montepellier, Carcassone, Toulouse... quatro dias sem repouso, e quatro noites! A gente chega, se lava, come, fazemos a mímica, dança ao som de uma orquestra insegura e que mal lê a partitura, dorme — e vale a pena? — e volta a partir. Emagrecemos de cansaço e ninguém reclama — o orgulho antes de tudo! Mudamos de *music hall*, de camarim, de hotel, de quarto, com uma indiferença de soldados em manobra. A caixa de maquiagem perde o esmalte e mostra sua lata. Os figurinos vão ficando puídos e exalam, lavados apressadamente com gasolina antes do espetáculo, um odor acre de pó-de-arroz com petróleo. Repinto com carmim minhas sandálias vermelhas, rachadas, de *l'Emprise*; minha túnica da *Dryade* perde seu tom ácido de gafanhoto e de pradaria. Brague está esplêndido em seu encardido de muitas cores; sua calça búlgara em couro bordado, endurecida pelo sangue artificial que lhe respinga todas as noites, parece a pele de boi recém-esfolado. O Velho Troglodita está de dar medo, em cena, sob uma peruca de estopa meio descabelada e com suas peles de lebres desbotadas, fedorentas.

Sim, são dias bem duros, onde perdemos o fôlego, entre um céu azul, varrido por raras nuvens alongadas, magras, como que desfiadas pelo vento Mistral, e uma terra que racha e se fende de sede... E, além disso, tenho uma carga dupla. Meus dois companheiros, quando desembarcam em uma nova cidade, largam suas tralhas e só pensam no vinho espumante local e nos passeios por aí. Mas, para mim, tem a hora do correio... O correio! As cartas de Max...

Nos escaninhos de vidro, nos balcões gordurosos onde o *concierge* vai espargindo os papéis com o dorso da mão, vejo, logo, como num choque, a caligrafia redonda e florida, o envelope azulado: adeus, descanso!

— Dê-me! Aquele ali!... Sim, estou dizendo que é para mim!

Meu Deus! O que haverá lá dentro? Censuras, súplicas, ou talvez somente um "estou chegando..."?

Esperei por quatro dias a resposta de Max a minha carta de Nîmes; durante quatro dias, escrevi a ele com ternura, escondendo minha profunda agitação por baixo de uma gentileza verbosa, como se tivesse esquecido aquela carta de Nîmes... Com essa distância, é-se obrigado a manter um diálogo epistolar irregular, você expressa sua melancolia um pouco aqui e ali, a esmo (ainda que triste)... Por quatro dias, esperei a resposta de Max — e fiquei impaciente e ingrata quando só achava a caligrafia graciosa, mas antiquada de minha amiga Margot, os garranchos minúsculos de meu velho Hamond, os cartões postais de Blandine...

Ah! essa carta de Max, a tenho enfim, e a leio com uma palpitação bem conhecida, que uma lembrança deixa mais dolorosa: não houve um tempo de minha vida em que Taillandy, "o homem que nenhuma mulher aplacou" — como ele dizia — se enfurecia de repente com minha ausência e meu silêncio e me escrevia cartas de amante? Bastava ver sua escritura cheia de farpas para eu ficar pálida, sentindo o coração apertado, redondo e duro, disparando — como está hoje, como está hoje...

Amassar esta carta de Max sem a ler, aspirar o ar como um enforcado que se salva a tempo, e fugir!... Mas eu não posso... Não passa de uma tentação breve... Tenho que lê-la.

Bendito seja o Acaso! Meu amigo não a compreendeu. Achou que se tratava de uma crise de ciúmes, de um charminho de mulher que quer receber, do seu amado, a mais lisonjeira, a mais formal garantia... E ele me dá, essa garantia, e não posso me impedir de sorrir, porque ele louva sua "alma amada" ora como uma irmã altamente respeitável, ora como uma bela jumenta... "Você será sempre a mais bela!" Ele escreve como pensa, sem dúvida. Mas será que ele não poderia responder outra coisa? Pode ser que, no momento de escrever essas palavras, ele tenha erguido a cabeça e olhado, diante de si, a floresta profunda, com uma hesitação, uma suspensão imperceptível do pensamento. E depois deve ter dado de ombros, como que sentindo um calafrio, e ter escrito brevemente, lentamente: "Você será sempre a mais bela!".

Pobre Max... o que há de melhor em mim parece conspirar contra ele, agora... Há dois dias, estávamos partindo, de madrugada, e eu retomava, no vagão, meu sono a prestações, interrompido e recomeçado vinte vezes, quando um hálito salgado, perfumado a sargaço fresco, reabriu meus olhos: o mar! Chegávamos a Sète, e ao mar! Ele estava bem ali, ao lado do trem, reaparecido quando eu já não pensava mais nele. O sol das sete horas, ainda baixo, não o penetrava; o mar recusava a se deixar possuir, guardando, mal-despertado, uma esplêndida cor noturna de tinta azul, aveludada, crispada de branco...

As salinas desfilavam, bordejadas por um gramado de sal cintilante, e por casas sonolentas, brancas como o sal, entre seus loureiros escuros, seus lilases e patas-de-vaca... Semi-adormecida, como o mar, entregue ao sacolejo do trem, achava que cortava, com um voo tranchante de andorinha, as ondas próximas... Desfrutava de um desses momentos perfeitos, uma dessas felicidades de enferma sem consciência, quando uma *memória* súbita — uma imagem, um nome — refez de mim uma criatura comum — aquela da véspera e dos dias anteriores... Por quanto tempo estava eu, pela primeira vez, a esquecer de Max? Sim, esquecê-lo, como se nunca tivesse conhecido seu olhar nem a carícia de sua boca, de esquecê-lo — como se não houvesse cuidado mais imperioso, na minha vida que o de procurar palavras, palavras para dizer como o Sol é amarelo, e azul o mar, e brilhante o sal em suas franjas jateadas de branco... Sim, de esquecê-lo, como se não houvesse outra urgência no mundo que não a de possuir com meus olhos as maravilhas da terra!

Foi nesse momento que um espírito insidioso me soprou: "e se não houvesse mesmo outra urgência, de fato, se não essa? E se tudo, fora isso, não passasse de cinzas?".

Vivo entre tempestades de pensamentos que nunca me deixam. Reencontro, dolorosa e pacientemente minha vocação para o silêncio e a dissimulação. Para mim, voltou a ser fácil seguir Brague por uma cidade afora, de alto a baixo, pelas praças, catedrais e museus, na fumaça dos botequins onde "a comida é um espanto!". Nossa cordialidade é de pouca conversa e sorri raramente, mas ri algumas vezes às gargalhadas, como se a alegria nos fosse mais acessível que a gentileza. As histórias de Brague me dão riso frouxo, estridente, do mesmo jeito de quando ele fala comigo, exagerando uma vulgaridade artificial.

Somos sinceros um com o outro, mas nem sempre é tão simples... Temos nossas brincadeiras tradicionais, que nos alegram tradicionalmente: a preferida de Brague — e que me exaspera —, é o Jogo do Sátiro. Essa pantomima é apresentada nos bondes, onde meu camarada escolhe, para sua vítima, ora uma mocinha tímida, ora uma solteirona agressiva. Sentado diante dela, sem compostura, ele a encara com um olhar fogoso, fazendo com que enrubesça, tussa, ajeite o véu e vire a cara. O olhar do "sátiro" insiste, maliciosamente, e então todos os traços do rosto: boca, narinas sobrancelhas, passam a exprimir o prazer especial de um tarado...

— É um excelente exercício de fisionomia!, afirma Brague. — Quando tiverem criado para mim uma classe de pantomima no Conservatório Nacional, vou mandar todos os meus alunos repetirem, juntos e separados.

Eu rio, porque a pobre mulher, aterrorizada, sempre desce logo do bonde, mas a perfeição careteira dessa brincadeira malvada me dá nos nervos. Meu corpo, que já está um tanto esgotado, sofre crises ilógicas de uma castidade intolerante, que me fazem cair em um braseiro, atiçado em um segundo pela lembrança de um perfume, de um gesto, de um choro amoroso; um braseiro que ilumina as delícias que não tive, e em suas chamas eu me consumo, imóvel e de joelhos colados, como se, ao menor movimento, arriscasse aumentar minhas queimaduras.

Max... ele me escreve, ele espera por mim... Como me pesa sua confiança em mim! Mais pesada de carregar do que de iludir, porque também eu escrevo, com uma abundância e uma liberdade inexplicáveis. Escrevo apoiada nas mesinhas bambas, sentada de lado sobre tamboretes altos demais; escrevo, um pé calçado e outro nu, meu papel apoiado entre a bandeja do café da manhã e minha bolsa aberta, por entre as escovas, o frasco de lavanda e a abotoadeira; escrevo diante da janela que emoldura um pátio interno, ou os mais deliciosos jardins, ou as montanhas vaporosas... Sinto-me em casa, no meio dessa desordem de acampamento, esse não importa onde e não importa como, e mais leves que minha mobília mal-assombrada...

— E a América do Sul? O que você acha?

Essa pergunta barroca de Brague caiu, ontem, como uma pedra no meu devaneio do pós-jantar, naquele instante tão curto onde luto contra o sono e o desgosto de ter que, em plena digestão, ir me maquiar e trocar de roupa.

— A América do Sul? acho que é longe...
— Preguiçosa!
— Você não entendeu, Brague. Disse "é longe", como poderia ter dito "é bonita!".
— Ah! bem... assim... é Salomon que está sondando uma turnê por lá. E então?
— Então?...
— Podemos pensar nisso?
— Podemos pensar nisso.

Nem eu nem ele somos o otário nessa indiferença fingida. Aprendi, a duras penas, a não "animar" o empresário a respeito de uma turnê, demonstrando minha vontade de partir. Por outro lado, Brague se contém, até segunda ordem, e não me fala das vantagens da proposta, com medo de que eu exija um aumento do meu cachê.

América do Sul! Essas três palavras provocaram em mim um deslumbramento de analfabeta, que só imagina o Novo Mundo através de uma cascata de estrelas cadentes, de flores gigantes, de pedras preciosas e de beija-flores... Brasil, Argentina... que nomes refulgentes! Margot me contou que foi levada para lá, ainda bem criança, e meu desejo maravilhado se colou à pueril pintura que ela me fez de uma aranha com ventre prateado e de uma árvore coberta de vaga-lumes...

Brasil, Argentina, mas... e Max?

E Max?... Desde ontem, fico dando voltas em torno desse ponto de interrogação. E Max? e Max? Já não é um pensamento, é um refrão, um barulho, um coaxar ritmado, que fatalmente induz a uma de minhas "crises de grosseria". Qual ancestral de boca suja está latindo para mim com essa virulência não somente verbal, mas também sentimental? Acabo de amassar a carta que comecei a escrever para meu amigo, maldizendo à meia-voz:

"E Max! E Max! De novo! Até quando vou encontrar esse sujeito a meus pés? E Max! e Max! Ora, será que eu só existo para ficar me preocupando com esse chato que vive de rendas? Dê-me paz, Senhor, a paz! Chega de chiliques, chega de idílios, chega de tempo perdido, chega de homens! Olhe para você, minha pobre amiga, olhe! Já não é, longe disso, uma mulher velha, mas já tem um jeito de um menino velho: tem as mesmas manias, o mau humor, suas frescuras e implicâncias — o bastante para fazê-la sofrer, para deixá-la insuportável. Você vai mesmo embarcar nessa... nesse *bateau-lavoir*, barco-lavanderia, firmemente atracado, onde se lava com um sabão patriarcal? Se você fosse capaz, pelo menos, de manter um caso com esse garotão, quinze dias, três semanas, dois meses e depois... adeus! Ninguém fica devendo nada a ninguém, um se divertiu com o outro... Você deve ter aprendido, na casa de Taillandy, como é que se faz para desaparecer sem aviso!...".

E continuo e continuo... Emprego, para insultar meu amigo e a mim mesma, uma engenhosidade crua, malvada; é um tipo de jogo em que fico animada em dizer as verdades que não penso — que ainda não penso... E isso dura até o momento em que me dou conta de que está chovendo aos cântaros: os telhados, do outro lado da rua, jorram e as calhas transbordam. Uma comprida gota gelada escorre pelo vidro e cai na minha mão. Atrás de mim, o quarto ficou negro... Eu me sentiria bem, se estivesse encostada nos ombros daquele que eu há pouco humilhava, chamando-o de "chato que vive de rendas"...

Acendo a lâmpada do teto e, para me ocupar, faço um arranjo efêmero do que está sobre a escrivaninha — abro o mata-borrão, entre o espelho-cavalete e o buquê de narcisos — tento com que pareça um lar, desejo um chá quente e uma torrada, minha lâmpada de casa e meu abajur rosado, o latido de minha cachorrinha, a voz de meu velho Hamond... Uma grande folha em branco está lá, me tentando, e eu me sento:

Max, meu querido, sim, estou voltando; estou voltando um pouco mais a cada dia. Será possível que apenas doze noites me separem de você? Nada é menos certo que isso:

sinto como não fosse voltar a vê-lo... Que terrível seria! Que sábio seria!...

Paro: será que não sou direta demais?... Não. Além do mais, escrevi "seria", e um amante jamais faria uma tragédia em cima de um futuro do pretérito... Assim posso continuar no mesmo tom confirmativo, riscando as generalidades melancólicas, as hesitações tímidas... E como, mesmo assim, receio uma decisão brusca que trouxesse Max aqui em menos de doze horas, não esqueço de afogar tudo em um rio de ternuras, ai... que arrasta consigo.
É um pouco nojento isso que estou fazendo...

Como o tempo passa! Onde estão os Pirineus floridos de cerejeiras, a grande montanha austera que parecia nos seguir, refulgente de uma neve que dá sede, salpicada de sombras vertiginosas, fendida por abismos azuis e aspergida de florestas de bronze? Onde estão os vales estreitos, e as relvas de Espanha, e as orquídeas selvagens de um branco gardênia? E a pracinha basca onde o chocolate negro fumegava? Que já está longe a torrente gelada, cheia de uma graça malévola, perturbada pelo derretimento das neves, transparente e leitoso como as pedras da lua!

Deixamos Bordeaux após cinco apresentações em três dias:

— Bela cidade!, suspirava Brague na estação. — Eu arranjei uma bordalesa... E não me refiro ao molho de cogumelos! uma dessas meias-porções como tem aos montes no *Cours*, sabe? Baixinhas, peitudas, pernas curtas, pezinhos rechonchudos, e que metem tanto rímel nos olhos, tanto pó na cara, tanto cabelo frisado que eu a desafio a descobrir se são bonitas ou não. Elas brilham, falam à beça, se remexem... Do jeitinho que eu gosto!

Ele exalava uma felicidade tranquila, e olhei para ele com uma hostilidade um tanto enojada, como olho as pessoas que comem, quando já não tenho mais fome...

A primavera temerosa fugiu diante de nós. Desabrocha de hora em hora e se volta a fechar folha a folha, flor a flor, na medida em que seguimos rumo ao norte. Na sombra mais esparsa das cercas, as margaridas de abril reapareceram, junto com as últimas violetas desbotadas... O azul mais pálido no céu, a relva mais curta, uma umidade ácida no ar criam a ilusão de rejuvenescimento e de voltar no tempo...

Se eu pudesse ir de trás para a frente os meses passados, desde aquele dia de inverno em que Max entrou no meu camarim... Quando eu era menina e aprendia a tricotar, obrigavam-me a fazer e desfazer fileiras e fileiras de pontos, até que tivesse encontrado o pequeno erro despercebido, o ponto saltado, aquilo que na escola chamava-se de "uma falta"... Uma "falta"! Eis então o que seria na minha vida este meu pobre segundo amor, esse que eu chamava de meu querido calor, minha luz... Ele está lá, ao alcance das minhas mãos, eu o posso pegar, e eu fujo...

Porque eu fugirei! Uma escapada premeditada está se organizando lá no fundo, bem no fundo de mim, sem que eu tome ainda uma parte direta... No momento decisivo, quando só terei que chamar, como uma louca, "Rápido, Blandine, minha valise e um táxi!" estarei talvez tonta com minha desordem, mas, oh Max, que eu quis amar, aqui confesso com a dor mais verdadeira: tudo está, desde essa hora, resolvido.

À parte esta dor, não terei eu voltado a ser aquilo *que eu era?* quer dizer, livre, assustadoramente sozinha e livre? A dádiva passageira que me foi conferida já foi arrancada de mim, que recusei a me atirar em seu abismo. Em vez de lhe dizer "Toma-me!", eu pergunto a ele: "O que você está me dando? Uma outra eu-mesma? Não existe outra eu-mesma. Você me dá um amigo jovem, ardente, ciumento e sinceramente apaixonado? Eu sei: isso se chama um Senhor, e não quero mais isso... Ele é bom, ele é simples, ele me admira, ele é direto? Bem, então ele é inferior a mim, e não vale a aliança... Ele me desperta com um olhar, e eu deixo de pertencer a mim mesma se ele puser seus lábios nos meus? Nesse caso ele é meu inimigo, é o ladrão que me rouba de mim mesma!... Eu terei de tudo, tudo o que pode ser comprado, e vou me debruçar à beira de um terraço branco, onde transbordam as rosas do meu jardim? Mas é de lá que verei passar os verdadeiros donos da terra: os errantes, os vagabundos!... — Volte!, suplica meu amigo, largue esse seu trabalho e a tristeza miserável do meio onde você vive, venha viver entre seus iguais... — Eu não tenho 'iguais'", tenho somente os companheiros de estrada...".

Os moinhos giram no horizonte. Nas pequenas estações que o trem atravessa, as primeiras moças com os chapéus de renda da Bretanha, florindo como margaridas... E aqui entro, deslumbrada, no jovem reino das flores do tojo e da genista! Ouro, cobre, e também a prata — já que a colza pálida está na mistura — inflamam essas pobres charnecas com uma insustentável luminosidade. Apoio minha face, e minhas mãos abertas, contra a janela do vagão, surpresa por não senti-la tépida. Estamos atravessando o incêndio — era para ouvirmos o "Coro" de *Siegried*. Campos e campos de tojos em flor, uma riqueza desolada que até as cabras rejeitam, onde as borboletas, tomadas pelo aroma de pêssego meio maduro e de pimenta, voam em círculo com as asas picotadas...

Em Caen, dois dias antes de nossa volta para casa, encontrei esta carta de Max — uma linha, sem assinatura: "Minha Renée, você não me ama mais?".

Só isso. Não havia previsto essa gentileza, e essa pergunta tão simples, que supera toda a minha literatura. O que *foi* que eu escrevi para ele da última vez?

Pouco importa. Se ele me ama mesmo, não foi nas minhas cartas que ele leu o aviso. Se ele me ama, ele conhece esses choques misteriosos, esse dedo leve e malvado que fere o coração, esses pequenos trovões que imobilizam um gesto, cortam uma risada — ele sabe que a traição, o abandono, a mentira atacam à distância, ele conhece a brutalidade, a infalibilidade do *pressentimento*!

Pobre, pobre do meu amigo, que eu quis amar! Você poderia ter morrido, ou me traído, e eu nada teria sabido, eu — que, no passado, a mais dissimulada das traições me magoaria, telepaticamente...

"Minha Renée, você não me ama mais?...". Não irrompi em lágrimas apaixonadas, mas lancei, sobre uma folha de papel, as abreviaturas encharcadas de um despacho vagamente reconfortante:

"Depois de amanhã, às cinco horas, estarei em casa.
Cordialmente."

Sinto uma inveja sutil desse homem que sofre. Reli sua queixa, e falo com essa carta como se falasse com ele, com a boca dura e o cenho ríspido:
— Você me ama, você sofre, e você reclama! Olha aí você parecendo eu mesma — quando eu tinha vinte anos. Estou te abandonando e, graças a mim, você talvez irá crescer naquilo que lhe faz falta. Você já começou a ver para além de seus muros: não ficou maravilhado, seu grande macho pesado? Os nervos refinados, uma sofrência inocente e inflamada, uma esperança que renasce, teimosa, como uma pradaria que foi aparada — essa era a parte que me cabia no mundo, e agora é a sua. Eu não a posso tomar de volta, e guardo de você um rancor...".

Um maço de cartas acompanham essa de Max. A própria Blandine escreveu: "Madame, Monsieur Maxime veio trazer Fossette, ela ganhou mais uma coleira. Monsieur Maxime pergunta pela Madame, ele não parece muito contente, percebe-se que ele tem aguardado pela Madame...".
Carta de Hamond, que fala simplesmente, mas escreve com uma cortesia quase cerimoniosa, — carta de Margot, que não tem nada a me dizer e preenche duas folhas com uma tagarelice de freira; — todos se apressaram a me escrever, no momento em que estou voltando, como se suas consciências lhes censurassem um pouco por terem me deixado sozinha por tanto tempo...

Com quem irei me abrir na volta? Com Hamond? com Margot? Nem com um, nem com outra. Rasgo suas nulidades, antes de deixar, para subir ao palco, essa tumba abafada que chamam de "camarim das estrelas" no Folies-Caennaises. Estamos em um *café-chantant*, no estilo antigo: é preciso atravessar uma parte da plateia para chegar à boca do palco, — é o pior momento da noite. Dão-nos cotoveladas, bloqueiam-nos o caminho de propósito para nos olhar mais demoradamente; meu braço nu deixa pó no casaco de um, uma mão puxa manhosamente meu xale bordado, dedos furtivos tateiam minha cintura... De cabeça para o alto, suportamos o desprezo e a malícia dessa multidão calorosa, como prisioneiros orgulhosos.

Um sino de igreja bate a meia-hora, bem distante. O trem de Calais, que deve me levar de volta a Paris, só passará daqui a cinquenta minutos...

Volto para casa sozinha, à noite, sem prevenir ninguém. Brague e o Velho Troglodita, a quem cuidei de entorpecer, dormem em algum lugar de Boulogne-sur-mer. Gastamos três quartos de hora fazendo as contas e tagarelando, em projetos da turnê sul-americana, e depois vim encalhar nessa estação das Tintelleries, tão deserta a essa hora que parece desativada... Não acenderam, somente para mim, as lâmpadas elétricas da plataforma... Um sino rachado tintila timidamente no breu, como se suspenso no pescoço de um cão.

A noite é fria e sem lua. Perto de mim, em um jardim invisível, há lilases perfumados que o vento amarrota. Posso escutar, ao fundo, o chamado das sirenes no mar...

Quem poderia adivinhar que estou aqui, no fim da plataforma, encolhida sob meu casacão? Como estou bem escondida! Nem mais negra, nem mais clara que o breu...

Na madrugada, entrarei na minha casa, sem barulho, como uma ladra, porque ninguém me espera tão cedo. Vou acordar Fossette e Blandine e depois virá o momento mais duro...

Eu me forço a imaginar os detalhes da minha chegada: trago, com uma crueldade necessária, a lembrança do perfume duplo que se fixou no papel de parede: tabaco inglês e um jasmim um tanto doce demais; em pensamento aperto a almofada de cetim que leva, em duas manchas pálidas, o rastro de duas lágrimas, caídas de meus olhos durante um minuto de grande felicidade... Tenho, na ponta dos lábios, o pequeno "ah!" abafado de alguém que se feriu e que toca sua ferida. É de propósito. Vai doer menos depois de um tempo.

Dou, à distância, adeus a tudo que irá me reter lá, e àquele que não terá de mim nada mais que uma carta. Uma sabedoria covarde, porém racional, me impede de voltar a vê-lo: não haverá uma "explicação honesta" entre nós! Uma heroína, de carne e osso como eu, não está à altura de triunfar sobre os demônios... Que ele me despreze, que ele me maldiga um pouco, isso só fará bem a ele: pobre querido, ele vai se curar mais rápido! Não, não, sem honestidade demais! E sem frases demais — porque é me calando que cuidarei dele...

Um homem atravessa os trilhos, com um andar adormecido, empurrando um baú sobre um carrinho e, logo, as lâmpadas da estação se acendem. Levanto-me, entorpecida — não me dei conta de que sentia tanto frio... No fundo da plataforma, uma lanterna cintila, no breu, balançada por um braço que não se pode ver. Um assobio distante responde às sirenes roufenhas: é o trem. Já...

Adeus, meu querido. Estou partindo para não muito longe daqui, para um povoado; em seguida, partirei sem dúvidas para a América, com Brague. Não voltarei a vê-lo, querido. Ao ler esta carta, não pense que é uma brincadeira cruel, já que você me escreveu anteontem: "Minha Renée, você não me ama mais?".

Estou indo embora, e esse é o menor dos males que posso lhe causar. Não sou má, Max, mas me sinto esgotada, como se incapaz de reaprender o hábito de amar, e apavorada por ter ainda que sofrer por amor.

Não pensou que eu fosse assim covarde, não é, meu querido? Que pequeno esse meu coração! Em outros tempos ele teria sido digno do seu, que se oferece tão simplesmente. Mas agora... O que teria para lhe dar, agora, meu querido? O melhor de mim seria, daqui a alguns anos, essa maternidade fracassada que uma mulher sem filhos transfere ao marido. Você não aceitaria isso — nem eu. É uma pena... Há dias — para mim que encaro o envelhecer com um terror resignado — há dias onde a velhice me parece como uma recompensa...

Meu querido, um dia você vai compreender tudo isso. Vai compreender que eu não era para ser sua, nem de ninguém, e que apesar de um primeiro casamento e de um segundo amor, eu tornei-me uma espécie de solteirona... solteirona parecida com algumas que, de tão apaixonadas pelo Amor, acham que nenhum amor é belo o bastante, e o recusam sem se dignar a explicar o porquê — rejeitam qualquer espúria aliança sentimental e voltam a se sentar a vida toda diante de uma janela, debruçada sobre as agulhas, em eterna companhia de sua incomparável quimera... Eu, como elas, tudo quis; um erro lamentável me puniu.

Não ouso mais, meu querido. Aí está: já não ouso mais. Não se irrite se eu lhe escondi, por tanto tempo, meus esforços de ressuscitar em mim o entusiasmo, o fatalismo amoroso, a esperança cega, toda a alegre escolha do amor... Não houve outro delírio que não o dos meus sentidos. Pena, em nenhum outro delírio as trevas foram tão lúcidas. Você me teria consumido em vão, você que, com o olhar, os lábios, as longas carícias, o silêncio emocionado, conseguiu curar, por um breve tempo, uma ferida da qual você não foi culpado...

Adeus, meu querido. Vá procurar, longe de mim, a juventude, a beleza fresca e intacta, a fé no futuro e em si-mesmo — o amor, enfim, tal como você merece, tal como eu poderia ter lhe dado tempos atrás. Não me procure. Só me restam forças suficientes para fugir de você. Se aparecesse na minha frente agora, enquanto lhe escrevo... mas, não, você não aparecerá.

Adeus, meu querido. Você é o único ser no mundo que eu chamo de meu querido, e, depois de você, não tenho mais ninguém a quem dar esse nome. Pela última vez, me abrace como quando eu tive frio, bem apertado, bem apertado...

Renée

Escrevi bem lentamente: antes de assinar, reli a carta, fechei os círculos, pus os pingos nos is, os acentos, e datei: *15 de maio, sete horas da manhã...*

Mas, mesmo assinada, datada, e enfim fechada, ainda é uma carta inacabada... Devo reabri-la? Sinto um súbito calafrio, como se, ao fechar o envelope, tivesse fechado a janela luminosa de onde soprava ainda uma brisa cálida...

É uma manhã sem sol, e o frio do inverno parece ter-se refugiado nesta sala, por trás das persianas baixadas por quarenta dias... Sentada aos meus pés, minha cachorra olha silenciosa para a porta; ela aguarda. Ela aguarda por alguém que não virá... Ouço Blandine mexendo as panelas, sinto o cheiro do café moído: a fome revira-me desagradavelmente o estômago. Um lençol puído cobre o divã, uma neblina azulada embaça o espelho... Não me esperavam para tão cedo. Tudo está sob um véu de panos, de umidade, de poeira, tudo leva ainda aqui a aparência um pouco fúnebre da partida e da ausência e atravesso meu abrigo furtivamente, sem perturbar as capas brancas, sem escrever um nome sobre o veludo da poeira, sem deixar nenhum rastro, da minha passagem, além daquela carta — inacabada.

Inacabada... Caro intruso, que eu quis amar, vou poupá-lo. Vou dar-lhe a única oportunidade de crescer diante de meus olhos: vou afastar-me. Você sentirá, ao ler minha carta, apenas tristeza. Nunca saberá do confronto humilhante do qual escapou, nunca saberá de qual debate você foi o prêmio, um prêmio que desprezei...

Porque eu o rejeito, e escolho... tudo o que não for você. Eu já o conheci, e o reconheço. Não é você o homem que acha que está doando, quando na verdade monopoliza tudo? Você veio para fazer parte da minha vida... Fazer parte? Você veio para *tomar partido* da minha vida! Para ser metade de tudo que faço, introduzi-lo toda hora no santuário secreto dos meus pensamentos, não é? E por que você e não um outro? Fechei-me a todos.

Você é bom, e pretendeu, com a melhor fé do mundo, me trazer a felicidade, porque me viu destituída e solitária. Mas não contava com meu orgulho de pobre. As mais belas paisagens da Terra, eu as recuso ver, pequeninas, no espelho amoroso do seu olhar.

A felicidade? Acha mesmo que a felicidade é o suficiente para mim agora?... Não é só a felicidade que faz a vida valer a pena. Você queria que eu me iluminasse com essa sua banal alvorada, porque dava-lhe pena minha escuridão. Sim, pode dizer escura, se quiser: como um quarto visto do lado de fora. Na sombra, mas não na escuridão. Sombria, e ornada pelos cuidados de uma vigilante tristeza; prateada e crepuscular como uma coruja, como o sedoso camundongo, como a asa da mariposa. Sombria, como o reflexo rubro de uma lembrança desoladora... Mas você é aquele diante do qual não tenho mais o direito de ser triste...

Fujo, mas ainda não me libertei de você, bem sei. Vagabunda, e livre, vou ansiar por vezes a sombra das paredes de sua casa. E quantas vezes não voltarei a você, querido apoio onde repouso e me firo? Por quanto tempo vou clamar por aquilo que você poderia ter-me dado, o tesão, ora suspenso, ora atiçado, renovado... A queda com asas, os desfalecimentos onde as forças renascem da própria morte... O zumbido musical do sangue enlouquecido... O cheiro de sândalo queimado e grama cortada... Oh, por um longo tempo você ainda será uma sede que sinto pelo caminho!

Vou desejá-lo, ora como a fruta pendente no ramo, como a água distante, como a casinha benfazeja com que me deparo... A cada lugar a que meus desejos errantes me levarem, milhares de sombras à minha semelhança, que desfolham de mim como pétalas, esta sobre as pedras quentes e azuladas dos despenhadeiros de minha terra natal; aquela no interior úmido de um canteiro sem sol; e aquela outra que vai seguindo o pássaro, a vela, o vento e a onda. Você guardará consigo a mais tenaz: uma sombra nua, ondulante, que o prazer agita como a relva junto ao riacho... Porém, o tempo a dissolverá, como às outras, e você nada mais saberá de mim, até o dia em que meus passos cessarem e voará de mim uma última e pequena sombra... Quem sabe para onde?

UM ESPELHO TODO NOSSO

Débora Thomé

Uma imagem se repete com frequência em muitas das edições e traduções de *La Vagabonde*, livro de 1910 da francesa Colette. Várias capas, de diferentes épocas, retratam uma mulher, com olhar desafiador, refletida diante de um espelho de camarim. A ilustração não é fortuita: ela se baseia em uma fotografia tirada da própria Colette, durante seus anos de performance pelos palcos de Paris.

    Pensar na história de *La Vagabonde* é pensar em Colette, que, num ato de coragem, decide se separar do marido, um famoso editor de livros que dela usurpava os textos escritos, vai trabalhar em um cabaré e estabelece uma relação homossexual. Ela rompe, assim, com as boas maneiras e os bons costumes da sociedade parisiense do pré-guerras. Abandona o papel da "boa esposa", sem grandes mágoas ou receios, para proclamar sua independência.

O mesmo caminho é o que traça Renée, a renascida protagonista de *A vagabunda*. Apesar de desempenhar o papel de esposa no que era conhecido como o "casal mais interessante de Paris", Renée decide terminar o casamento com o pintor famoso que lhe roubava seus direitos autorais. Recusa-se seguir como esposa traída e vai experimentar os riscos de viver livre de um homem.

A cidade que ambienta a trama era a moderna Paris do início do século XX: 1906 para Colette; 1910 para Renée. Naquela ocasião, às "mulheres corretas", apenas cabia cuidar de suas casas e filhos. Havia, sim, muitos artistas e cabarés, mas o direito a não ter um cônjuge era exclusivo dos homens. A sociedade francesa ainda destilava preconceito sobre mulheres que optavam por viver sozinhas, as "damas desacompanhadas", ainda mais as que se sustentavam fazendo arte.

Se Colette tinha algum medo, fez questão de traçar uma vida na qual o enfrentou bem. Casou-se e divorciou-se quantas vezes quis, morreu rompida com a Igreja e acabou enterrada com honras de Estado. Tampouco parece que cedeu ao medo sua personagem Renée: seus momentos de temor da solidão na história parecem quase forjados. A liberdade que então passou a experimentar, mesmo com pouco dinheiro e muito cansaço, compensava as vastas incertezas. Era livre para não precisar prestar contas a ninguém.

> [...]*a solidão, para um ser da minha idade, é um vinho estimulante que embriaga de liberdade; noutros dias é um tônico amargo, e ainda há outros dias em que é um veneno que faz bater a cabeça na parede...*

Em muitas ocasiões, reflete sobre o que significa estar sozinha, mas reitera sempre que, sim, esta é a sua decisão. O que Renée quer mesmo é vagabundear, seja pela França, seja pela exótica América do Sul. Sua autonomia valia o preço do julgamento, do risco e até mesmo de uma história de amor com o pretendente mais que perfeito, o tolo Max.

> *Mulherzinha eu fui, e mulherzinha volto a ser, para sofrer e para gozar.*

Já em sociedades muito antigas, às mulheres estava destinado apenas o espaço doméstico. Uma boa esposa devia estar confinada na sua casa, cumprindo os desejos de sua família, temente a Deus e a seu marido. Enquanto isso, aos homens lhes era permitido transitar entre diferentes mundos, fazer escolhas, ter alguma liberdade dentro de suas casas e fora delas. Ainda que esse possa parecer um passado distante e tendamos a acreditar que a história segue o caminho indelével dos avanços nos direitos, muito desse cenário ainda é válido. Mais de um século depois de Renée ter surgido ao mundo como a vagabunda, a história escrita por Colette, versão romanceada de sua própria vida, permanece absolutamente atual.

Desde 1910, ano em que o livro foi publicado na França, o feminismo deu largos passos. O voto das mulheres, resultante dos esforços das sufragistas em todo o mundo, foi aprovado na França após o fim da Segunda Guerra, em 1945 (o Brasil o aprovou antes, em 1932). Quatro anos depois, em 1949, veio a público a primeira edição da "bíblia" do movimento feminista, *O segundo sexo*, de Simone de Beauvoir.

Muitas ações tiveram lugar após esses primeiros marcos, e as feministas seguiram em busca de diferentes tipos de liberação e ampliação de direitos. Houve avanços expressivos quanto aos direitos políticos, civis e sociais —mulheres hoje têm autonomia em suas famílias, e o divórcio é letra corrente na maioria dos países. No entanto, resistiu a todas essas mudanças a ideia de que a mulher deve se casar e, sobretudo, deve ter filhos. A perspectiva é de uma vida em pares. E, nesse sentido, mesmo transpostos ao Brasil dos dias atuais, os dilemas de Renée ainda soam bastante verossímeis. A nossa "vagabunda" — que no equivalente em francês *vagabonde* mantém somente o sentido original, de quem vagueia por aí — segue sendo a mulher libertina, cuja alcunha vem da quantidade de homens com quem se relaciona. A expectativa de que o bom casamento é o que salva as mulheres dos infortúnios da vida persiste em *Terra Brasilis*. Aos maridos, o sustento financeiro das mulheres; às esposas, a submissão, o trabalho doméstico não remunerado e o sustento emocional dos homens. Uma quase prisão, assim como exposto num diálogo com seu fiel amigo Hamond:

Lembre-se, Hamond, do que foi para mim o casamento... Não, não estou falando das traições, não me entenda errado! Estou falando da domesticação conjugal, que faz de tantas esposas uma espécie de babá para adultos... Ser casada, é... como vou dizer? é temer que a costeleta do Senhor tenha passado do ponto, que a água com gás esteja gelada demais, a camisa mal passada, o colarinho frouxo, o banho fervente — é assumir o papel exaustivo de intermediária-tampão entre o mau humor do Senhor, a avareza do Senhor, a glutonice do Senhor, a preguiça do Senhor... [...] Uma governanta, enfermeira, babá — chega, chega, chega!

Mesmo pensando assim e decidindo agir de acordo com sua verdade, em determinado momento Renée escuta de seus familiares: "E que é que você queria, minha filha?" Como leitoras, é bem clara a resposta: a protagonista queria mais da vida. Diante de toda uma maré de resistência, de uma sociedade acostumada a funcionar daquela forma, Renée se dá conta de sua sujeição e se rebela. Ela mantém firme seus propósitos, a despeito dos custos que paga, do risco da fome, do quarto de pensão, da viagem na segunda classe. O ônus de ser solteira lhe trouxe a vantagem de ser ela a única responsável por suas próprias escolhas. Renée, mais uma vez, tal e qual Colette.

A protagonista vagabunda é uma feminista do seu tempo, à sua moda. É principalmente alguém que conseguiu desafiar a regra geral quando viu sua liberdade e seus direitos ameaçados. Sua grandeza está em questionar o que é dado como norma, como o normal.

Podemos nos acostumar à fome, à dor de dentes ou do estômago, podemos nos acostumar até à ausência de uma pessoa amada — mas não podemos nos acostumar ao ciúme.

Até o ciúme, que vive servindo na narrativa universal como exemplo de prova de amor, perde seu lugar no pedestal.

Ao contar a história de Renée, Colette, de fato, chega a flertar com o romance. Contudo, opta por romper com a tradição de uma literatura que sempre atribuía às personagens femininas o papel de donzelas chorosas em busca um príncipe salvador. Ao contrário disso, sua novela é escrita e narrada por mulheres que questionam o papel social a elas atribuído.

Ainda que se trate de outro tipo de inserção política, em alguns momentos, o ritmo de *A vagabunda* lembra trechos e dinâmicas de *Parque industrial*, obra brasileira de 1936, assinada por Mara Lobo, pseudônimo de Patrícia Galvão, a Pagu. A vagabunda Renée, por sua vez, também traz ares da compositora Chiquinha Gonzaga, que rompe com tudo e todos para viver com sua música.

Mas eu, o que quer que eu faça? Costureira, datilógrafa, rodar bolsinha? O music hall *é a profissão dos que não aprenderam nenhuma.*

No livro *Performing Women and Modern Literary Culture in Latin America*, a autora Vicky Unruh, professora emérita da Universidade do Kansas (EUA), discorre sobre como muitas mulheres latino-americanas no início do século XX transformaram sua experiência concreta de vida em performances, como estratégia para poderem participar de uma cultura literária na qual não eram bem-vindas. Vida e proposta artística se confundiam. Entretanto se, por um lado, as mulheres tinham mais dificuldade de ocupar espaços devido às barreiras de gênero, por outro, justamente porque sua simples presença já afrontava o *status quo*, elas tinham mais facilidade para criarem novas realidades. As artistas performáticas, como Renée e Colette, transitavam entre a esfera pública e a privada; nos palcos e na escrita. Fosse na Europa ou nas Américas, refletiam na arte aquilo que viviam em suas vidas.

Apesar de não estar imune a muitos dos *scripts* de gênero de sua época, Colette-Renée era dona de uma consciência afiada sobre sua própria existência, assim como tinha ciência do contexto o qual a definia e seu lugar na história. Era uma defensora dos direitos das mulheres, mesmo sem fazer um discurso militante. Ainda que não quisesse assumir uma bandeira, sua vida já era seu ativismo.

Essas expoentes mais ou menos contemporâneas — Pagu, Colette e Chiquinha — assemelham-se sobretudo por um motivo: todas enfrentaram os valores patriarcais tentando estabelecer novos padrões para a mulher nas sociedades em que viviam. A protagonista Renée também compõe este quadro. A luta individual de cada uma dessas personagens reais e fictícias acabou se tornando exemplar do que passavam (e passam) muitas mulheres. O pessoal lhes é político, pois. Portanto, para que a rebelião ocorra, dando início uma nova ordem, é preciso romper com a "segurança imbecil das mulheres que são amadas [...] cujos desejos são satisfeitos."

Colette sabe que só tem um jeito de propor a transformação: fazendo com que Renée vença suas próprias fragilidades, aquelas que foram ensinadas a ela e a maioria das mulheres desde muito cedo. "A menina abandonada que treme em mim, frágil, nervosa, pronta a estender os braços, a implorar: 'Não me deixe sozinha!'"

Renée, por sua vez, obedece aos desígnios da autora que conduz seus passos. Sem questionar, entende seu destino como vagabunda e não cede ao papel esperado, nem a um roteiro padrão. Estabelece um pacto firme, irredutível, com a sua independência, com a sua liberdade.

Eu terei de tudo, tudo o que pode ser comprado, e vou me debruçar à beira de um terraço branco, onde transbordam as rosas do meu jardim? Mas é de lá que verei passar os verdadeiros donos da terra: os errantes, os vagabundos!...

© 1910, 1992 Éditions Albin Michel

Editora   Carla Cardoso
Capa e ilustração   Rafael Nobre
Tradução   Julio Silveira

S696b   Colette [Sidonie-Gabrielle Colette] (1873-1954)

A vagabunda : Colette — Rio de Janeiro : Livros de Criação :
   Ímã editorial : Coleção Meia Azul 2019, 282 p; 21 cm.

ISBN   978-85-54946-16-6

1. Literatura francesa

CDD 869

ímã

Ímã Editorial | Livros de Criação
www.imaeditorial.com